O LARGO DA PALMA

Do mesmo autor:

Corpo Vivo

O Forte

O Homem de Branco

Léguas da Promissão

Memórias de Lázaro

Noite Sem Madrugada

Os Servos da Morte

Sul da Bahia: Chão de Cacau

As Velhas

Adonias Filho

O LARGO DA PALMA

NOVELAS

13ª EDIÇÃO

Rio de Janeiro | 2023

Copyright © 2005, herdeiros de Adonias Filho

Capa: Rachel Braga

Texto revisado segundo o novo
Acordo Ortográfico da Língua Portuguesa

2023
Impresso no Brasil
Printed in Brazil

CIP-Brasil. Catalogação na fonte
Sindicato Nacional dos Editores de Livros, RJ

A186L
13ª ed.
	Adonias Filho, 1915-1990
	   O Largo da Palma: novelas / Adonias Filho. – 13ª ed. –
	Rio de Janeiro: Bertrand Brasil, 2023.
	   112p.

	ISBN 978-85-286-0314-9
	1. Novela brasileira. I. Título.
05-1287	CDD – 869.93 CDU – 821.134.3(81)-3

Todos os direitos reservados pela:
EDITORA BERTRAND BRASIL LTDA.
Rua Argentina, 171 – 3º andar – São Cristóvão
20921-380 – Rio de Janeiro – RJ
Tel.: (021) 2585-2000

Não é permitida a reprodução total ou parcial desta obra, por
quaisquer meios, sem a prévia autorização por escrito da Editora.

Atendimento e venda direta ao leitor
sac@record.com.br

SUMÁRIO

A moça dos pãezinhos de queijo 7

O largo de branco 29

Um avô muito velho....................49

Um corpo sem nome....................71

Os enforcados 83

A pedra 99

A Moça dos Pãezinhos de Queijo

É PRECISO CONHECER O Largo da Palma, tão velho quanto Salvador, para saber onde fica a casa dos pãezinhos de queijo. Cercam-no os casarões antigos que abrem passagens para as ruas estreitas e para uma ladeira pequena e torta que também se chama da Palma. E, se o largo e a ladeira são da Palma, é porque lá está a igreja que lhes empresta o nome. Humilde e enrugadinha, com três séculos de idade, nada ali acontece que não testemunhe em sua curiosidade de velha muita velha. E, assim de frente para a ladeira que desce no caminho da Baixa dos Sapateiros, vê e ouve tudo o que se faz e fala na casa dos pãezinhos de queijo.

Na esquina, onde a ladeira começa, é precisamente aí que fica a casa dos pãezinhos de queijo. A casa é casa porque a tabuleta, em tinta azul e por cima da porta, a chama de casa: "A Casa dos Pãezinhos de Queijo". Na verdade, uma lojinha do tamanho de um pequeno quarto encravada no magro e alto sobrado de três andares. E, porque ali vive um bocado de povo, cobertas coloridas enfeitam as janelas, e a gritaria dos rádios sufoca os pregões dos vendedores de frutas da Bahia.

Essa gritaria toda — rádios abertos e pregões na ladeira — jamais perturbaram Joana, a viúva, que mora no primeiro andar. O marido, ao morrer, deixara-lhe estas duas coisas: a terça parte daquele andar e a casa dos pãezinhos de queijo.

A filha, e porque era gente, não podia se contar entre aquelas coisas. Roberto Militão, o pai, morrera a lhe pedir que não abandonasse a mãe. "Tome conta de sua mãe, Célia, que presta um favor a Deus." E, desde que o pai morrera, dividia o trabalho com a mãe. É por isso que a mãe, no andar de cima, faz os pãezinhos de queijo. E ela os vende na loja, embaixo, com a freguesia aumentando dia a dia. Já dissera mesmo à mãe:

— O negócio está crescendo, mãezinha, e precisamos de alguém que ajude no forno.

Na vizinhança de três quarteirões, se alguns se referem aos pãezinhos de queijo do Largo da Palma, todos comentam a delicadeza de quem os vende. Moça de dezoito anos, cabelos de carvão que chegam aos ombros, olhos também negros que combinam com a pele amorenada, Célia sempre usa blusas apertadas que denunciam os pequenos seios. A parede de fundo, atrás do balcão, é branca porque pintada de cal. Frente a essa parede, a vender no balcão os pãezinhos de queijo, Célia mais embeleza a sua própria beleza. E para muitos, talvez por causa do riso alegre, a sua voz é tão macia quanto os pãezinhos de queijo.

Doce e macia, ao lado do riso alegre, a voz da moça é música melhor de ouvir-se, nas manhãs de domingo, que o próprio órgão da igreja. Todos dizem, no sobrado inteiro, que é como um trinado de pássaro. Já houve mesmo quem afirmasse:

— Tem som mais bonito que o canto do pássaro.

Esta voz ele escuta pela primeira vez, agora, ao receber o pacote com os pãezinhos de queijo. Comprime o embrulho com as mãos e, voltando-se, ganha o Largo da Palma muito apressado. É instante de grande alarido — seis horas da tarde com a noite, que se aproxima, apressando o formigueiro humano na ladeira — mas nada permanece a não ser a voz que acabara de ouvir. Anda, quase a correr, com a voz nos ouvidos.

E apenas quando abre a porta — sabendo que a irmã foi para a Faculdade, o pai para a fábrica de pregos e que encontrará a avó na sala, muito viva, sentada na poltrona, a ler o jornal — é que a si mesmo se pergunta como é o rosto da moça. Tenta lembrar-se, esforça-se mesmo para isso, mas é como se não o houvesse visto. No último instante, quando já estava saindo, ela disse: "Tenha cuidado para não amassar os pãezinhos de queijo." A voz permanecera e de tal modo está ali que receia venha a avó escutá-la.

— São os pãezinhos de queijo? — a avó pergunta, ao receber o pacote, sem afastar os olhos do rapaz.

Ele fecha a mão e ergue o polegar a dizer, com o gesto, que são os pãezinhos de queijo. É assim que responde, escrevendo ou gesticulando, porque é mudo. Ouve muito bem e tanto isso é verdade que, com a música, adora os ruídos das ondas do mar, do vento nos coqueiros e os cantos dos pássaros. Falar, porém, não fala. Expressa-se com as mãos e o rosto. E ninguém melhor o sabe que a avó — baixinha, quase branca de leite, os olhinhos azuis —, que, desde que ele nasceu, foi e continua sendo a sua verdadeira mãe.

— Meu Gustavinho mudo! — sempre diz, exclamando.

Ela, a avó, quem pedira para que ele fosse buscar os pãezinhos de queijo. Ouvira falar muitas vezes daqueles pãezinhos do Largo da Palma, todos os elogiavam, vinha gente de longe para comprá-los. Curiosidade ou lá o que fosse, pedira ao neto que os comprasse. E, porque era sempre assim com Gustavo — anotava em folhas soltas de papel tudo que lhe pediam para comprar —, escreveu em letras grandes e a lápis vermelho: "Meio quilo de pãezinhos de queijo."

Agora, já que entregara o pacote à avó, era como se tivesse as mãos livres para segurar a voz da moça dos pãezinhos de queijo. E, como sempre acontecia ao sentir-se emocionado, refugiou-se no quarto para acalmar os nervos. Ali, no quarto amplo e arejado, estavam as caixinhas de música que, desde a infância, constituíam o seu mundo e poderiam marcar os seus dezenove anos de vida. A mãe as trouxera nos primeiros aniversários, quando, precisamente no quinto, desaparecera por encanto. E dela se lembrava vagamente, face muito branca, assim perdida numa espécie de nevoeiro. A avó, mãe do pai, pedira-lhe muitas vezes que não indagasse e não se preocupasse porque ela era uma doente que jamais sairia do hospital.

"Que doença?", escrevera, perguntando.

— Uma doente da cabeça! — a avó exclamara, em tom enérgico, cortando as perguntas.

As caixinhas ali estão, espalhadas pelo quarto, em formatos os mais diversos, com músicas alegres. Gosta de ouvi-las enquanto as horas escoam, minuto a minuto, como água num filtro. Dentre todas, porém, prefere a do piano, a de som muito leve, a que sempre o fez pensar que os homens deviam falar música. É a essa que põe a funcionar, logo entra no quarto, excessivamente inquieto. E, assim escuta as primeiras notas, acha que não é muito diferente a voz da moça. Acalma-se aos poucos, aquilo é um sedativo, sente-se como se estivesse a ouvi-la. Não, não há dúvida!

Há música, muita música mesmo, na voz da moça dos pãezinhos de queijo.

Dia seguinte, quando a tarde começa a cair e embora a avó nada pedisse, toma a direção do Largo da Palma. Queira ou não, tem que ir, aproximar-se, ouvir mais uma vez a moça dos pãezinhos de queijo. Não importam as ruas, os sobrados e as casas. E muito menos os que andam, sempre apressados, nos passeios estreitos. O que deseja, no íntimo, é retroceder, meter-se pela rua do Bângala, fugir. As pancadas do coração, porém, ordenam que prossiga. Mas prosseguir para quê? É um homem sem voz que, ao tentar falar, consegue apenas guinchar como um bicho. O melhor a fazer, pois, é recuar, desaparecer, jamais rever a moça dos pãezinhos de queijo.

Avança, porém, contra a própria vontade. Alguma coisa, talvez a timidez, obriga-o a deter-se. Não está muito longe, é verdade, mas também não está muito perto. Está no pátio da igreja, de pé, e tanto assim que vê as luzes se acenderem no Largo da Palma. E, com o coração aos saltos, os olhos voltados para "A Casa dos Pãezinhos de Queijo", aguarda a coragem de que tanto necessita. Ah, fosse um rapaz como os outros e pudesse falar! Observa, porém, que muitos são os que entram para comprar os pãezinhos de queijo. Aproxima-se e, já agora, entra com enorme decisão.

A moça ali está, no balcão, a atender a todos com o mesmo riso. Bom é o cheiro dos pãezinhos de queijo que impregna o ar. Respira esse ar, um pouco atrás, deixando-se ficar para que seja o último a ser atendido. Os olhos, porém, dela não se afastam. Parece-lhe linda assim, com a blusa branca, o riso alegre, os negros cabelos caindo até os ombros. É quando ouve a mulher que, ao receber os pãezinhos de queijo, pergunta muito alto:

— Como vai, Célia, como vai?

Célia, chama-se Célia! Tempo não tem de deter-se sobre o nome porque a sala já se esvazia. Ninguém mais, agora, a não ser ele, o soldado e a ruiva tão gorda e baixota que lembra um barril de cerveja. Recua um pouco e coloca-se atrás do soldado, quase junto ao balcão, a observar a moça que embrulha meia dúzia de pãezinhos de queijo para a ruiva. O soldado que compra apenas um e, comendo ali mesmo, logo se retira.

E, finalmente, um frente ao outro, ele e a moça dos pãezinhos de queijo. Ergue a cabeça e, vendo o rapaz como se não estivesse a vê-lo, ela indaga:

— Quantos pães?

Indagou assim, automaticamente, como indaga a qualquer freguês. Não tendo a resposta, indaga novamente:

— Quantos pães?

A resposta não vem e, por isso, concentra a atenção, surpreendida, frente ao rosto congestionado. E, quando o vê levar

O LARGO DA PALMA

15

a mão à boca e já agora bastante agitado, conclui que o rapaz é mudo. Logo ele confirma porque, subindo a mão ao bolso da camisa, puxando o lápis e o pequeno bloco de anotações, escreve em letra de imprensa: "Quero meia dúzia dos pãezinhos de queijo." A letra é firme, quase um desenho, ela observa, e então se pergunta se ele também é surdo. E, para certificar-se, fala baixinho e diz:

— Os pãezinhos se acabaram. O soldado comprou o último.

Agora, assim tão perto, sabe que a voz da moça dos pãezinhos de queijo é realmente bela. Tem que mantê-la falando de qualquer maneira e, se não há pães e nem fregueses, deve aproveitar a oportunidade para fazê-la falar. Acha ridículo escrever, porém, para que a moça leia, que a voz dela lhe faz tanto bem que é mesmo como um remédio. Antes de tudo, porém, deve esclarecer que não é surdo. E, apoiando-se no balcão, escreve: "Não sou surdo e, porque ouvi, sei que você se chama Célia." A moça lê e, sentindo mais que percebendo, não tem dúvida de que ele ali não fora pelos pãezinhos de queijo. Fora para declarar-se como um namorado.

É a hora de fechar a porta, e tanto que no Largo da Palma, sempre mal-iluminado que parece em penumbra, já não há movimento. A mãe não tardará em descer para contar a féria do dia. Alguma coisa a segura, porém, e impede que recue um passo. Afastar-se, não pode. Permanece, pois, fascinada pelo rapaz que não fala e que de rosto faz lembrar um dos anjos da igreja. E, como agora repara muito interessada, acha-o realmente tão bonito quanto o anjo. Sabe que não esquecerá jamais, com os cabelos negros e os olhos cor de avelã, o rosto do rapaz que reflete enorme amor de homem.

A mão no papel, a mão de dedos longos, que escreve a pergunta: "Posso voltar amanhã?" Lê e responde que sim, pode voltar amanhã. Antes que ele deixe a loja, porém, contorna o balcão para acompanhá-lo até a porta. Aí, na porta, quando quer perguntar-lhe o nome, lembra-se de que ele é mudo. Diz, então, que, voltando amanhã, será melhor que a espere do lado de fora. E acrescenta, em tom muito baixo, como se revelasse um segredo:

— Lá fora, às oito da noite, no pátio da igreja.

A mãe, logo termina de contar o dinheiro, percebe que Célia não é a mesma. A gaveta ainda aberta, o dinheiro no balcão, todos os pãezinhos de queijo vendidos. E por que a filha parece distante? E por que, ao contar o dinheiro, tinha as mãos trêmulas? E, sobretudo, por que evita os seus olhos como se neles temesse a curiosidade? Mas, porque tem muito o que fazer no andar de cima, sobe com a filha, em silêncio, sem nada perguntar. Célia, subindo, não sente o peso dos cestos vazios que carrega. Os cestos que, na tarde seguinte, ela trará cheios de pãezinhos de queijo.

— Boa-noite, mãezinha — diz após o banho e a pequena refeição, quando se recolhe ao quarto.

Fecha a porta e logo se atira na cama. Os olhos estão fechados, é verdade, mas a imagem do rapaz subsiste na escuridão. Como entender o que acontece? Homem ele já é com o peito largo e forte que é quase de um lutador. Alto e belo como uma árvore. E por que — Senhora Santa da Palma — e por que é mudo? Nasceu assim? Houve um acidente? Doença? Tudo que sabe é que jamais se interessou pelos rapazes que a quiseram namorar, nada sentindo mesmo, em todos descobrindo defeitos. Agora, porém, e como diria o velho Roberto Militão, seu pai, tinha a flecha no coração.

— Cuidado com a flecha no coração — dizia-lhe o pai.

— Que flecha?

— A flecha de Cupido! — o pai exclamava, rindo-se.

Falará com a mãe, à noite seguinte, pouco antes de sair para encontrar-se com o rapaz. E se a mãe perguntar quem é ele e o que faz, como responderá? Dir-lhe-á que não sabe sequer o nome porque não houve tempo para maior aproximação. Confessará, porém, o detalhe: "Ele é mudo." Inútil discutir, procurar explicar, tentar justificar-se frente ao espanto da mãe. Sabe que ela não compreenderá, ninguém entenderá, o sobrado inteiro a dizer que tem um parafuso a menos. Uma doida, apenas uma doida se deixaria seduzir e fascinar por um mudo! Deitada, com os olhos fechados, espera que a noite passe depressa e ainda mais depressa o dia seguinte.

Venderá os pãezinhos de queijo com maior alegria porque deve ser mesmo amor o que sente no coração.

O rapaz, por sua vez, não pode dizer que dormiu. Conciliou o sono numa espécie de vigília, sempre a pensar no encontro com a moça, não conseguindo vencer a agitação desde que deixara a loja dos pãezinhos de queijo. Evitara voltar para a casa e, por isso, resolvera andar, andar muito, até sentir-se cansado. E tão longe foi que alcançou o Jardim de Nazaré, já adormecidos os pombos nas grandes árvores, um ou outro transeunte a conter os casais de namorados. Andou assim durante muito tempo até que, percebendo a noite avançar, retornou a casa certo de que tranquilo seria o sono.

Esperava-o a irmã, que, a ler na sala, levantou-se de um salto ao vê-lo abrir a porta da rua. "Que está acontecendo", perguntou-se, "que está acontecendo?" Gustavo, que nunca saía à noite e sempre se deitava cedo, pareceu-lhe tão diferente que se diria mesmo transfigurado. Quis indagar — "Que está acontecendo, Gustavo?" —, mas, sabendo que o irmão teria que escrever para qualquer resposta, manteve-se de pé, em silêncio. Ele, porém, foi à mesa e, sentando-se, chamou-a com a mão. E, em seu pequeno bloco, escreveu para que a irmã lesse a pergunta: "Meu pai já chegou?"

— Sim, ele já chegou — ela respondeu.

A irmã, a sua querida Márcia, mais velha que ele dois anos, agora na Faculdade de Engenharia a preparar-se para dirigir a fábrica do pai. No diálogo difícil, ele escrevendo e ela falando, tudo comentavam. E, se falavam da mãe e do mistério que a cercava, da atividade do pai e da expansão da fábrica de pregos, era principalmente dele, Gustavo, que falavam. O mudo e os exames médicos! A conclusiva opinião médica de que jamais recuperaria a voz perdida tão na infância que talvez se relacionasse com os primeiros sintomas da doença da mãe. E, se a avó o tratava com enorme carinho, o pai não ocultava a decepção de ter um filho, quando não inválido, praticamente inútil. Ali, na casa, e isso para não falar nos quatro empregados — a cozinheira, a copeira, o motorista e o jardineiro —, além da avó, também contava com Márcia, a irmã.

— Somos ricos e, por isso, Gustavo está protegido — o pai, no almoço, dissera uma vez.

Dinheiro com a garganta dele, Gustavo, jamais se poupara. O pai o levara ao Rio de Janeiro e a São Paulo, estivera nas melhores clínicas, examinado pelos grandes especialistas. A última palavra, porém, era sempre a mesma:

— Um caso sem jeito!

A irmã era a única pessoa, no mundo, que mantinha certa esperança. Não, jamais perder a fé! E, se os médicos não admitiam a cura, deviam recorrer a tudo, tudo mesmo, do espiritismo aos terreiros de macumba. Quem podia, afinal, duvidar de um milagre? O essencial, pois, era ter paciência.

— Paciência, Gustavo, muita paciência! — ela sempre exclamava.

O diálogo, pois, era aquele quase todos os dias. Gustavo, porém, logo soube pela irmã que o pai estava em casa, sentiu ser impossível silenciar sobre a moça dos pãezinhos de queijo. Que acharia Márcia de tudo aquilo? Estavam sentados, um frente ao outro, na mesa o pequeno bloco. E, puxando-o, escreveu: "Eu, agora, tenho uma namorada." No semblante dele, assim acabou de escrever, ela percebeu mais inquietação que alegria. Que faria um rapaz mudo ao lado da namorada? Como ambos reagiriam? A inquietação, aliás, refletia dificuldades que ele já devia ter levantado, uma a uma, sobressaindo a convivência difícil. Que moça, afinal, o aceitaria como namorado? E Márcia concluiu que aquela moça ou seria uma criatura extraordinária e incomum ou apenas uma vigarista que, sabendo-o rico, a ele se chegava por causa do dinheiro.

— Quem é a moça? — ela indagou.

Escreveu a resposta e tão apressado como se tudo quisesse dizer de uma vez. "Chama-se Célia. É a moça que, no Largo da Palma, vende os pãezinhos de queijo." Márcia leu e, embora não acreditasse que aquilo terminasse bem e temesse que a moça acabasse por ferir e traumatizar ainda mais o irmão, forçou o riso para animá-lo. Nada a fazer, por enquanto, senão esperar. Gustavo, afinal, tinha direito à vida. E por isso, corresse mesmo todos os riscos, valia a pena tentar.

Aproxima-se da igreja, o coração aos pulos, é o seu primeiro encontro com uma namorada. A noite já se fez em Salvador, e o Largo da Palma, por isso, parece agasalhar-se para dormir. Um ou outro que passa e, se é fraca a luz das lâmpadas, se as estrelas brilham muito, o próprio vento se faz leve demais para não perturbar o silêncio. Ninguém dirá, vendo assim o Largo da Palma a cochilar, que nele houve enorme agitação durante o dia. Agora, de pé no pátio da igreja, a sentir o cheiro de incenso que se filtra por baixo das portas largas e pesadas, Gustavo espera. E espera com o coração sempre aos pulos, contando os segundos, quando ouve os passos. Logo escuta a voz que lhe parece seca e doce:

— Oi! — Célia exclama.

No bolso da camisa, em papéis do seu inseparável bloco, escrevera o que julgara necessário para manter a conversa. Retira-os e, do pequeno maço, separa o primeiro, entregando-o à moça. Ela o comprime com os dedos e lê: "Me chamo Gustavo. Agora, que sabe o meu nome, quero pedir uma coisa.

Você me atende?" E, de pé, ele aguarda a resposta. Célia, então, indaga:

— Que coisa?

A resposta vem no segundo papel e, assim a lê — "Peço-lhe para irmos ao Jardim de Nazaré" —, Célia logo concorda. Aproximam-se um do outro e, quando as mãos se unem, Gustavo tanto sente o perfume da moça que respira mais fundo. Não, não pode acreditar esteja vivendo aquilo! Sonho não é, porém, porque Célia ali está, de carne e osso, a andar a seu lado. O riso, por vezes. E, por vezes, a voz que, entrando em seus nervos, provoca enorme tranquilidade. Pudesse falar e dir-lhe-ia que tudo, agora, é realmente estranho.

Meia hora no Jardim de Nazaré entre as grandes árvores e parece que conhece, há séculos, a moça dos pãezinhos de queijo. O hospital muito perto e é possível seja o recolhimento noturno que o torne um pouco triste e sombrio. E nele, dia a dia, os que morrem e os que nascem. Célia corta-lhe o pensamento, então, porque pede para se sentarem. Muito fraca, quase um nada, a luz que mostra o banco próximo ao chafariz. Sentam-se, e Gustavo, mais uma vez, não acredita seja ele quem ali está.

Sentam-se naquele mesmo banco, noite a noite, durante uma semana. E na semana, desde a primeira hora — quando saíram, apressados, um para encontrar o outro —, grande a preocupação da mãe de Célia. Era verdade que a filha sempre fora ajuizada e, com dois ou três namorados que tivera, jamais houvera o menor problema. Agora, porém, tudo lhe parecia diferente. A filha mudara de tal maneira que já não entendia como, a cada dia que passava, mais se agarrava ao rapaz. E, ainda por cima, um rapaz mudo! Como explicar o que acontecia? A sua inquietação, pois, veio crescendo. E crescendo tanto que, agora, quando sabe que Célia está com ele no Jardim de Nazaré, parece querer explodir.

A cabeça pesa, a boca amarga, o estômago dói. E o pior é que, quando tenta abordar a filha, ela se torna muda como o rapaz. Não fala, não comenta, não discute. Como acabará tudo aquilo? É a pergunta que, como a mãe de Célia, o pai de Gustavo também faz a si mesmo. O filho, e talvez por ser mudo, é um rapaz difícil, muito esquisito, com os nervos à flor da pele. Metido sempre com as caixas de música, talvez a lembrar-se da mãe, a verdade é que jamais pôde entender-se com ele. Falar-lhe e vê-lo a escrever para dizer as coisas, eis o que era como uma espécie de agressão que já não suportava. E agora, com a moça que certamente visa trocar os pãezinhos de queijo pela segurança de um casamento rico, não tem dúvida de que o filho entrará numa pior. Chegara mesmo a conversar com Márcia sobre o assunto. A filha, porém, cortara a conversa de modo fulminante:

— Não temos que nos envolver nisso. O problema é dela e de Gustavo.

Eles, porém, o rapaz mudo e a moça dos pãezinhos de queijo, não veem problema algum. Ali, sentados naquele banco de jardim, sentem que mais se gostam, hora a hora, um já dependendo do outro. E, se ela sabe que o domina, se o beija

O LARGO DA PALMA

na boca para que as mãos dele lhe comprimam o corpo, ele sabe, por sua vez, que não pode perdê-la. E, para ele, tudo nela é maior que tudo. Os cabelos pretos, os olhos que brilham, a pele macia, os seios pequenos. Na alegria, porém, é que ela é ela mesma.

E alegria que, fazendo-a rir a cada instante, reflete no semblante uma esperança que não é deste mundo. E, porque nessa esperança ele se agarra, a si mesmo diz que morrerá se Célia o abandonar. E foi quando escrevera a frase, dizendo isso, que ela o beijou no rosto e o fitou como se o visse pela primeira vez. Exclamou, então, pedindo:

— Não quero que você escreva mais!

A indagação — "E por quê?" — estava no semblante dele e, principalmente, no olhar de criança assustada. Um segundo, menos de um segundo, e novamente exclamou, quase gritando:

— Quero que você fale!

As mãos de Célia no rosto do rapaz receberam, com o leve tremor, o calor que já era febre. E, sem temer que o coração dele, inteiramente descompassado, pudesse saltar do peito, repetiu com enorme energia:

— Quero que você fale!

Lágrimas nos olhos congestionados. E, percebendo que o rapaz chorava, avançou a mão e enxugou-lhe as lágrimas. A mão foi à testa e enxugou também o suor frio. Debruçou-se sobre ele, então, beijando-o muito, dizendo:

— Perdoe, Gustavo, me perdoe.

Lembra-se de que, desde aquele momento, não mais Gustavo usou o pequeno bloco para escrever. Dizia por sinais o que tinha a dizer. Ela o animava e, decifrando-lhe a mímica, repetia em voz alta o que ele queria dizer. Comovedor, o grande esforço! Agora, quando se lembra do que acontecera há dois dias, vê que o esforço dele se faz maior com as mãos paradas no ar e os olhos cheios de luz. Aflição no rosto lavado de suor, um pouco ofegante, já não sente vergonha de grunhir em pleno desespero. Que está querendo dizer? Compreende que ele pede alguma coisa, mas, por Deus, o que está a pedir? E, pelo jeito dos dedos, conclui que pede pãezinhos de queijo.

— Você quer que traga pãezinhos de queijo? — ela pergunta.

Ele, com a cabeça, responde afirmativamente.

— Trarei, amanhã, os seus pãezinhos — ela diz. — Eu mesma os farei com o melhor queijo da Bahia.

Ele sempre a deixa no Largo da Palma, frente à igreja, as ruas já vazias. Chegam em silêncio e, quando se beijam, há necessidade de coragem para a separação. Agora, porém, ao contrário das outras noites, Célia não se afasta logo. Não sai apressada, quase correndo, na direção do sobrado. Permanece de pé e, sempre em silêncio, não afasta os olhos do rapaz. Ergue a mão, acaricia-lhe os lábios com os dedos, diz:

— Vá com Deus.

Choveu muito durante a noite, mas, apesar do chuvisco miúdo, o mormaço não se desfez. O próprio vento do mar ficou na praia e tão fraco que foi mais uma brisa com medo do calor. Salvador, pois, suava por todos os lados. Célia, por isso, abriu a janela e, porque visse a chuviscada caindo sem parar,

O LARGO DA PALMA 25

resolveu acender o forno. Joana, a mãe, tanto estranhava aquela afobação que chegou mesmo a indagar:

— Para que o fogo tão cedo?

— Eu prometi a Gustavo que faria uns pãezinhos para ele — Célia respondeu. — E, se acendo o forno tão cedo, é porque não quero perturbar o seu trabalho.

A massa, o queijo, o sal, o fogo. E veio fazendo os pãezinhos de queijo, um a um, tendo-os nas mãos como se fosse comê-los. Doce o cheiro no ar, mistura de trigo e açúcar, muito doce mesmo. Sentiu o coração alegre enquanto durou o trabalho e foi essa alegria do coração que a fez inventar uma canção que cantou, baixinho, para si mesma. "É preciso querer e querer muito para alcançar." Repetiu muitas vezes a pensar em Gustavo, que, de tão bom, também merecia ter alegria no coração.

— Você, hoje, parece uma borboleta — a mãe disse.

E tudo porque, após colocar os pãezinhos de queijo numa cestinha de palha e cobri-los com um guardanapo colorido, não conseguiu aquietar-se. O encontro com Gustavo, à noite, não permitia sequer que ficasse a ouvir o rádio. Levantava-se, ia e voltava, como se fosse um pássaro, e a sala, uma gaiola. A inquietação a levou a buscar um pouco de tranquilidade no trabalho e, por isso, abriu a loja logo depois do almoço. Os fregueses e os embrulhos acabaram por fazê-la esquecer o encontro até que, com a aproximação da noite, acendeu as luzes.

— Você vai sair, hoje, de noite?

A mãe perguntou quando, vindo para acertar o caixa, fechou a loja por dentro. Perguntou por perguntar, porque não tinha dúvida de que Célia, mesmo que chovesse pedras, iria ao encontro de Gustavo. E, logo cedo, não fizera para ele uma dúzia de pãezinhos de queijo? Não se surpreendeu, pois, com a resposta da filha:

— Claro, mãe, mas claro que vou sair.

Transpõe a porta da casa, para o encontro com Célia, como se estivesse a fugir. Pisa muito de leve para não despertar a avó, que, na sala, cochila na cadeira de balanço. O pai avisara que jantaria fora, e Márcia, na Faculdade, se atrasara. Noite que se anuncia alegre com o vento morno e o céu estrelado de verão. Anda apressado, sem nada ver, a pensar que — mais cedo ou mais tarde — ele e a irmã saberiam do paradeiro da mãe. Por que a escondem, tudo ocultam, por quê? Célia perguntara uma vez: "E sua mãe?" Escrevera, respondendo: "Vive longe e, no hospital, é uma doente incurável." Contorna a Igreja da Palma e alcança o pátio. Célia já o espera, e a verdade é que parece uma noiva assim com os cabelos soltos, o vestido branco e a cestinha na mão.

— Os seus pãezinhos de queijo — ela diz e, sorrindo, mostra a cestinha.

Ele quer recebê-la, retirar o guardanapo, mas ela recua a mão.

— Não, não! — exclama. — Agora, não!

Lê a pergunta no olhar dele — "Por que isso?" — e, se nada diz por um minuto, é para não perturbar a descoberta que está fazendo. Há um novo semblante no rosto de Gustavo e, pela primeira vez, observa que o riso dele não é forçado.

O LARGO DA PALMA

Todos aqueles dias e por mais que tentasse aparentar certa serenidade, não, ele não conseguiu! A amargura na face sempre tomada pelo medo. E medo, Senhora da Palma, medo de quê? Sabe que o medo é de que escape qualquer dia por ele ser um mudo e — ela escapando — sentir-se novamente desesperado e só. Agora, porém, desde que o viu chegar ao pátio e tentar arrancar-lhe da mão a cestinha, ele é um homem diferente. O semblante, no rosto, é realmente novo.

— Vamos andando — ela diz.

Esta noite, no Jardim de Nazaré, quase todos os postes estão cegos. Crianças quebraram as lâmpadas, durante o dia, na caça aos passarinhos. Escuro, pois tão escuro que as grandes árvores parecem sombras fantásticas. Sentam-se no banco de sempre e, logo põe a cestinha ao lado, Célia recebe as mãos dele nas suas. Quentes e trêmulas, aquelas mãos! E, ao debruçar-se para beijá-la, ela sente um coração batendo — o coração de Gustavo — como se quisesse falar. Recua um pouco, retira um dos pãezinhos de queijo da cestinha e, oferecendo-o, diz:

— Quando o fiz, Gustavo, pensei colocar nele o meu próprio sangue.

Ele come lentamente, muito lentamente, como se estivesse a comer uma fruta. E, mal termina, ela fecha-lhe a boca com a sua própria boca. Sussurra, então, dizendo:

— Você, agora, pode falar. — E, como se ordenasse, acrescenta: — Não, não fale agora!

Tudo que ela disse, muito baixinho, um sussurro, Gustavo ouve e sente que o amor e o beijo de Célia podem gerar o milagre. O cheiro dos pãezinhos de queijo, no ar, perfuma a própria resina das árvores. As bocas se afastam, as mãos mais se apertam, as lágrimas nos olhos que parecem sangrar. Tudo, agora, é nele angústia e dor. Os lábios tremem, suor no rosto, vontade de gritar. Um parto, é como num parto, a voz está nascendo. E ele, a rir e a chorar ao mesmo tempo, exclama, em tom ainda fraco, mas exclama:

— Amor!

O Largo de Branco

O PACOTE COM FARELOS DE MILHO. Voam os pombos quando Eliane, aproximando-se, abre o pacote com as mãos trêmulas. O sol anuncia dia claro na manhã de junho. Tamanho o nervosismo que rasga o pacote e, lançando os farelos no pátio da Igreja da Palma, vê que os pombos retornam para apanhá-los. Bom, como seria bom se fosse um pombo! Não ter que falar, esconder-se como uma ladra, não depender de ninguém. Não ter principalmente qualquer consciência e muito menos buscar explicação para as coisas da vida. E, sobretudo, de sua vida de mulher. Comer os farelos de milho no passeio, voar acima das ruas e da multidão, abrigar-se nas árvores e nos beirais. Geraldo ali estivesse e, apenas para que ele não entendesse coisa alguma, indagaria com seriedade:

— Por que não sou um pombo?

Anda, apressando-se, como a fugir. Não percebe os que passam porque nada realmente importa a não ser o encontro com Odilon. E a verdade é que, antes de transpor a porta da casa, ali no Bângala, deteve-se frente ao espelho, no quarto, mas não teve coragem de olhar-se. Pareceu-lhe que, vendo-se naquele espelho, faltaria a coragem para o encontro. E por isso, apenas por isso, ganhara a rua com rapidez.

Gasto é o vestido que usa, fora da moda, o melhor de todos que restaram. Os cabelos agora brancos, sempre sedosos, não melhoram o rosto cansado. Olhos sem brilho, boca um pouco murcha, as rugas. Este é o lado, o lado de fora, que Odilon verá. Sabe que Odilon — e se não mudou inteiramente — examinar-lhe-á o rosto com atenção a observar todos os detalhes. Não poderá ver, porém, o lado de dentro, precisamente o lado da consciência e do coração.

Sentiu, logo transpôs a porta, que a rua não era a mesma e certamente não era a mesma por causa dela própria. Tudo, a começar pelos objetos menores como a escova de dentes e a saboneteira e a terminar pelo quartinho que alugara — de fundos, muito úmido, com a pequena janela que mais é uma vigia de navio —, tudo como que se transfigurou no momento que recebeu a carta. Alice, que lhe sublocara o quarto com o café da manhã, não ocultou a surpresa quando disse:

— Uma carta para você, Eliane. Hoje, com esta carta, uma alma escapa do Purgatório. — E concluiu: — É letra de homem.

O coração desabalou, o sangue subiu à cabeça, as mãos tremeram. "É letra de homem." Quem, por Deus, a não ser Geraldo? Que desejaria saber? Perguntar-lhe se ainda tinha dinheiro ou propor-lhe uma reconciliação? Bobagem, tolice, sonho. Geraldo a enxotara e não evitara sequer os gritos. As palavras ainda doíam nos nervos. Ele jogara o dinheiro na cama e, como se estivesse a pagar a vida quase inteira em

O LARGO DA PALMA

33

comum, saíra a bater a porta com estupidez. Não, não seria Geraldo! E, não sendo ele, quem poderia ser? Foi quando Alice voltou a dizer:

— É de homem que tem letra bonita, Eliane.

Não reconhecera a letra. E como reconhecer a letra de Odilon, ali, de repente, se não o via há trinta anos? Uma vida, trinta anos. E Odilon, tão distante há tanto tempo que até parecia morto, saltava em frente com aquela carta, de envelope branco, sem indicação do remetente. Abriu o envelope, rasgando-o com nervosismo, a curiosidade fazendo o coração bater forte. Foi direto à assinatura e, lendo-a, resmungou para si mesma: "Sim, é de Odilon." Voltava, estava em Salvador, e queria um encontro. E, como a carta não se atrasara, queria o encontro para aquele dia mesmo, ao meio-dia, no Largo da Palma. Em frente, bem em frente da igreja.

Ele, Odilon, informava que sabia o que lhe acontecera. Geraldo a expulsara e, naquela idade, seria inútil tentar novos caminhos. "Como soube?", ela se perguntou. Ele, logo estivessem juntos, diria como soubera de tudo. Importante, no momento, era o encontro. Ou ela, Eliane, não queria vê-lo? Trinta anos, a metade de sua vida, e trinta anos sem Odilon, o primeiro homem, o marido. E de onde vinha ele — Deus do céu! — para pedir um encontro? E, depois de tudo que lhe fizera, mesmo após trinta anos, como encará-lo? Não, não o levaria aonde morava, isso não! Humilhante demais que testemunhasse a sua pobreza, quase a miséria, já sem dinheiro, vendendo as últimas joias para pagar o aluguel, o quartinho naquela casa do Bângala. Pôs a carta no envelope e, já no quarto, guardou-a na bolsa.

Vestiu-se logo porque os nervos não permitiram que esperasse, no quarto, a hora do encontro. Meio-dia, frente à igreja, tinha bastante tempo. E, quando dobrou a esquina, entrando assim tão cedo no Largo da Palma, lembrou-se dos pombos. Retornou a casa para apanhar o pacote com os farelos de milho e, buscando os pombos com o olhar, foi a eles como a adquirir força para o encontro. Os farelos no passeio, os pombos, afasta-se como a fugir.

O Largo da Palma, em junho, sempre espera o sol para vencer o frio que sobra da noite. As ruas pequenas e estreitas, que o cercam, tentam se ocultar como envergonhadas. Quando começa a subir, porém, o sol cria tamanha claridade que logo vence o resto da neblina. É essa luz — os rádios abertos no sobrado de azulejos, os vendedores de legumes e frutas já subindo a Ladeira da Palma — que faz da manhã a melhor hora para se andar no Largo da Palma.

Ninguém observa ninguém porque, no largo, todos têm o direito de ser como são. Não foi por outro motivo que Eliane cortou a pressa para avançar, agora, em seu passo miúdo e lento. Na esquina, depois de um prédio que parece doente de velhice, vê o homem que, no pátio da igreja, recolhe o dinheiro das esmolas numa caixa de charutos. A vontade é de cortar o largo ao meio para, alcançando a igreja, dar dinheiro ao homem como deu farelo aos pombos. Permanece, porém, onde está. E sabe que é impossível mesmo pensar nas coisas e recordar a vida, vendo o Largo da Palma assim na manhã. Mora no Bângala desde que Geraldo a deixou e, por isso, pode dizer com exatidão que convive com o Largo da Palma há seis meses, uma semana e dois dias.

Chegou no verão, em janeiro, quando soube que Geraldo cancelara o contrato de locação da casa, nos Barris. Primeiro, e logo que se deu a Geraldo como uma escrava, foi o Jardim da Piedade com a casa tão perto da igreja que acordava com o sino batendo forte todas as manhãs. O Campo Grande, a seguir, lugar de grandes árvores e muitos pássaros. Depois, o prédio magro de três andares na ruazinha de ladeira, no Rio Vermelho, onde permaneceria os últimos quinze anos ao lado do mar e de Geraldo. E dali, após vender os móveis para apurar um pouco mais de dinheiro, dali saiu enxotada para o Bângala. Metade de um ano, pois, no velho largo que de tal modo conhece que será capaz de percorrê-lo com os olhos fechados. Há referências, marcos de cimento ou tijolos, sobretudo, a igreja, que, de tão enrugadinha, parece mais uma das suas velhas beatas. Apesar de menos de sete meses, ah, quanto tempo!

O tempo foi muito, muito mesmo, a tensão nervosa expulsando-a do quarto, empurrando-a para a rua. A tensão nervosa e os olhos de Alice sempre cheios de curiosidade. E, se a casa já é tão pequena, imagine-se o quartinho que ocupa! Não esqueceria a hora que batera na porta e, atendendo-a, Alice disse que morava sozinha e o quarto era realmente bom. Mas, logo ali chegara e se deitara na cama — com o colchão cheirando a mofo —, a lembrança foi aquela, sim, o dinheiro de Geraldo. Essa lembrança a perseguiu durante bastante tempo, era como uma ideia fixa, hora a hora a rever as notas sobre a cama. Parecia-lhe uma coisa tão venenosa e viva quanto uma víbora ou um escorpião. O dinheiro na cama, sobre o lençol, nele refletido o desprezo do homem. E como se aquele dinheiro pudesse compensar a ingratidão e resgatar a mocidade e a vida que a ele dera em troca de coisa alguma. Tudo, dera tudo mesmo em troca de nada!

O sol, agora, invade o Largo da Palma e parece que vem para mostrá-lo como uma das coisas mais preciosas da Bahia. Habituara-se aos poucos com ele, o Largo da Palma. Observara, no começo, que ele mudava de acordo com o tempo, um durante o dia e outro à noite, se chovia já não era o mesmo e inteiramente diferente quando o sol o enchia de luz. Preferia-o à noite, quando o percorria com passos lentos, contornando-o pelas esquinas, indo e voltando para nele se tranquilizar inteiramente. As pedras, no chão, deviam ter séculos. E, fora as aberturas das ruas, cercavam-no o casario baixo, o sobradinho que parecia já descer a ladeira e o casarão amarelo de cem anos. Isolada em seu canto, de frente para vê-lo melhor, a igreja tão velha quanto ele mesmo.

Eliane, detendo-se para aquecer-se, esmorece os passos. Lá, no quartinho onde mora, o sol não entra. A parede grossa do prédio vizinho, a dois metros de distância, é a única coisa que enxerga através da janela. Parede lisa que a chuva escureceu e mais parece muro de presídio. Na verdade, pensando bem, mora numa gaiola de pouco ar e quase sem luz. Devagar, pois, vai muito devagar para respirar melhor e curtir o sol. E tão devagar vai que, ao passar pela igreja, observa um grupo de freiras que sai naquele justo momento. "Ainda faltam duas horas e meia", diz a si mesma, baixinho, a apertar a bolsa com a mão. No Largo da Palma, porém, sobretudo quando o sol se faz forte para criar o mormaço, o tempo não anda.

Quando não há o que olhar e ouvir e, embora o povo pareça ter mais ânimo e coragem, a vida não pede pressa. Os pés se arrastam, levando-a com preguiça, como a poupá-la para o encontro com Odilon. E, por isso, o passinho é miúdo. Pudesse falar, confessar-se a alguém, dirigir-se-ia ao próprio coração. Há o cérebro, porém, o cérebro e a memória. E, se a pergunta fez o coração disparar — "Que Odilon quer comigo?" —, a imagem é tão poderosa que a obriga a fechar os olhos. Encosta-se numa parede, três segundos apenas. E, logo abre os olhos, não pode dizer se ama o Largo da Palma por causa da manhã ou se ama a manhã por causa do Largo da Palma.

"Céu imenso, tão azul, sem nuvens. Vê-lo assim ao sol, carregado de luz, belo e manso. O rosto não desce para que os olhos não o percam. Muita coisa do mundo na tarde do parque. Há mesmo vento a mexer com as árvores. Vendedores de pipocas, sorvetes e balas. Homem do realejo, o macaquinho amestrado, o periquito da sorte. Crianças de todas as idades que correm, saltam e gritam. E foi quando, sentindo a mão do avô na cabeça, escutou o que ele disse:

— Vamos, Eliane, temos que voltar cedo.

A casa não fica longe, pequeno e estreito jardim em frente, a porta e as janelas pintadas de verde. Casa de rua sem saída, igual às outras vinte, dez de cada lado, com os mesmos aposentos e a mesma pobreza. O pátio de cimento que, partindo da rua, internando-se, acaba na pedreira que é uma montanha aos fundos. O beco onde, noites adentro, se reúnem muitos dos gatos de Itapagipe.

— E, vovô, por que voltar tão cedo?

— Hoje, Eliane, é um dia especial.

— Especial, vovô, por quê?

O avô não responde, mas, logo entram na sala, vê a mãe. Sentada na cadeira de balanço, alegre como sempre, os cabelos negros e soltos. Tem nos braços uma coisinha envolvida em lã que, logo entram, como se os esperasse, chora muito alto. Era aquilo, o regresso da mãe com o bebê, que levara o avô a falar de um dia especial. Aproxima-se, e a mãe, distendendo os braços, mostra a irmã. Vermelhinha, rechonchuda, olhinhos azuis de boneca."

"Não é grande a diferença de idade entre ela e a irmã. Cinco anos, apenas. E, mesmo em cursos assim distantes — a irmã ingressando no primário quando ela inicia o ginásio —, entendem-se muito bem. A irmã, aliás, sempre lhe parecera um brinquedo vivo. No berço ou na cama, ao lado da sua, no quartinho pintado de azul. E sobretudo no pequeno jardim onde a vê brincar com a terra, as formigas e as flores. Chama-a aos gritos, procurando-a na cozinha ou na sala:

— Joanita!

O mesmo nome da mãe, Joana, a que resolve e decide das coisas. Alegre, por vezes a cantar e a sorrir, aquela mãe que parece jamais ter chorado em toda a sua vida. Magrinha, uns bracinhos de nada, tão miúdas as mãos que são quase como as de Joanita. Faz o trabalhão da casa, porém, como a se divertir. Lava, cozinha, costura. E inventa o tempo para ajudar as filhas na preparação das lições. É como se soubesse um pouco de tudo, a mãe, embora aprendesse ali mesmo, naquele momento, nos próprios livros escolares. E não pergunta ao marido o que não aprende nos livros. Ele, o marido, sempre chega noite adentro, muito cansado, o cigarro na boca, os dedos sujos de nicotina. Não é pelo cansaço, porém, que não indaga. É porque ele tem pouca instrução e tão pequeno funcionário da Prefeitura que todas as noites, para aumentar o dinheiro, trabalha como vigia no porto. Já disse a si mesma inúmeras vezes que ele é um pobre homem, vazio de espírito, sem curiosidade pelas coisas do mundo. Bom, muito bom mesmo, bom e fraco.

Fácil perceber que o pai é muito mais velho que a mãe. E por que ela, Joana, se casou com um homem assim? Não, jamais teria uma resposta. Culpa da inocência da juventude ou talvez alguma coisa que se oculta em grande mistério. Observa, à proporção que passa o tempo, que o pai se torna cada vez mais calado. É verdade que as filhas cresceram tanto que será difícil o diálogo de antigamente. E, como que se sentindo inferior, encolhe-se de tal modo que o riso e a alegria de Joana não o contagiam. Único homem na casa — após a morte do avô —, parece não entender a mulher e as filhas. Não tenta uma aproximação, um esclarecimento, nada. Calado, metido nos cantos, sempre a fumar.

Mais tarde, cada vez mais tarde, já entrando em casa pela madrugada. E, finalmente, é bêbado que chega em uma daquelas madrugadas. Fala alto, tropeça nos móveis, os palavrões.

Joana, a mãe, fecha um pouco o rosto, mas não perde o riso. A bebedeira se repete, uma vez por semana no começo, de dois em dois dias a seguir, diariamente agora. O vizinho de parede-meia, que por ser da Polícia julga conhecer os vícios da cidade, não tarda a dizer que aquilo vem do porto, do porto e dos navios.

— Por causa do porto — diz com o olhar parado — já vi muito chefe de família acabar nos esgotos.

O pai, porém, não acaba nos esgotos. Difícil precisar os anos que transcorreram, a alegria sumindo do rosto da mãe, a casa cada vez mais pobre, enorme o esforço para que a irmã não abandonasse o ginásio. Lembra-se e de tal modo lembra que é como se estivesse a acontecer agora. A irmã grita, ela e a mãe correm para a sala, lá está o pai. Deitado no chão, de bruços, sangrando, como um morto."

"A ambulância atrai os vizinhos, tantos e tantos, que são como as moscas da rua. Interrogam-se, querem saber, a curiosidade mantendo-os à espera, do lado de fora. Enquanto isso, na sala, o médico examina o pai, já deitado na maca. Há o médico e dois enfermeiros, é verdade. E o estudante baixote e gordo que sempre apruma os óculos no nariz com as mãos pequenas. Feio, muito feio, ela assim o acha. A mãe e a irmã, o pai e a maca, o médico e os enfermeiros. O vozerio vem da rua, invade a casa, chega à sala. Ela sente, porém, que o estudante de tal maneira a olha como se nada mais houvesse. Nem pessoas e nem ruídos. Apenas ela, Eliane. E guarda o nome quando o médico o chama:

— Odilon!

O LARGO DA PALMA 41

Não escuta o diálogo, em tom baixo, entre o médico e o estudante. Os enfermeiros erguem a maca, transportam o pai, ela e a mãe agora na porta da rua. Os vizinhos e seu vozerio. E, quando os enfermeiros entram na ambulância, o médico os seguindo, o estudante recua um pouco e delas se aproxima.

— A senhora poderá ir — diz, dirigindo-se à mãe, logo acrescentando: — Mas, se quiser ficar, não se preocupe.

— Não sei, não sei — é tudo o que a mãe consegue dizer, assim mesmo gaguejando muito.

— Não, não se preocupe! O caso é delicado, sem dúvida, mas não é grave — ele prossegue, tem os óculos na mão, a voz como a pedir: — Fique em casa, com suas filhas, que cuidarei de tudo e darei notícias. Isto eu prometo!

Retorna à tarde para dizer que o pai sofreu um derrame e, após uma semana no hospital, ali estará para o tratamento na própria casa. Levá-las-ia, dia seguinte, para que o vissem. Sentado ao lado da mãe no velho sofá de molas gastas, falando com lentidão, explica que não tarda a formatura. Em três meses será um médico e faz questão — questão fechada — de assistir o doente.

— Ele já não pode trabalhar e, por isso, cuidem da aposentadoria.

É na enfermaria do hospital, dia seguinte, que observa Odilon de mais perto. Os doentes o conhecem, chamam-no, a todos atende com o mesmo interesse. Um homem a servir os outros e em luta contra a dor e a morte. Dirige-se às enfermeiras, faz recomendações, observa os doentes. E tudo como se o tempo não contasse, incansável, sem perder por um segundo sequer a calma e a boa vontade. Não, ela conclui, Odilon não é um homem comum! E continua a observá-lo, semanas depois, quando ele retira o pai da ambulância, de volta a casa."

"A mãe, Joana, perdeu definitivamente o riso. Joanita, a irmã, pareceu outra com os livros fechados. Ela, Eliane, participou da preocupação da mãe e da irmã porque o pai piorara e continuava a piorar a cada dia que passava. E, não fosse Odilon, tudo ali faltaria, dinheiro, remédios e até mesmo a comida. Uma casa tão pobre — com o pai imóvel e a gemer na cama — que chegou a ser miserável. E tão grandes as necessidades e a penúria que a morte do pai foi realmente um alívio. Sofreu muito, gemendo, como a esperar pela formatura de Odilon. E semanas após o enterro sobreveio a confirmação de que ele não conseguiria afastar-se dela. Era uma coisa que de tal modo entrava pelos olhos que a mãe sempre lhe dizia:

— Ele é doido por você.

Na formatura, ao tornar-se médico, Odilon ainda disfarçava. Com o termômetro na mão, entrando e saindo do quarto, era como se apenas o doente existisse. Ela, Eliane, já sentia no fundo do coração que ele a queria muito. Certeza, porém, teve apenas quando — após a morte do pai — ele continuou a frequentar a casa sem faltar um dia. E tantas aquelas visitas, agora a ocupar o lugar do pai na mesa de jantar, que logo os vizinhos o chamavam para um ou outro caso de doença. Atendia a todos, prestativo, sempre com a maior boa vontade. E, como se todos soubessem o que havia entre eles, inúmeros daqueles vizinhos lhe disseram, exclamando:

O LARGO DA PALMA

— Teu noivo é um santo!

O casamento foi tão simples que não houve sequer um bolo. Ele pedira que não se anunciasse e, por isso, na hora certa, estava no Fórum apenas com a mãe, a irmã e dois colegas que serviram de testemunhas. Tudo muito rápido, apressado mesmo, o juiz preocupado com os casais que, no salão, aguardavam a própria vez. Jamais esqueceria, como não esqueceu, os detalhes: ele tinha a gravata com o laço quase aberto, a camisa um pouco suja e o colarinho puído. Verificaria, com o tempo, que ele era assim mesmo. Desajeitado, usando a roupa que estivesse ao alcance da mão, tão indiferente a si próprio que muitas vezes não se lembrava de alimentar-se. Vivia na casa e andava entre os móveis e os objetos como se não os visse.

Ela, Eliane, logo entendera que, como marido, tinha um homem inteiramente desligado do mundo. Os acontecimentos em volta, efetivamente, não lhe interessavam. E, se não lia os jornais e não ouvia as rádios, se não se preocupava com as revoluções e as greves, que dizer então das coisas comuns de todos os dias! A vida, se podia chamar aquilo de vida, era para o hospital, o ambulatório e os doentes. E chegava ao ponto de, embora sabendo da pobreza da família dela — a mãe e a irmã sempre a pedirem dinheiro —, comprar remédio e roupas para muitos daqueles doentes. O relógio, no pulso, não servia para nada porque esquecia as horas se os doentes dele precisavam.

Feio, desajeitado e desligado do mundo, assim era Odilon. Não podia negar, porém, que a tratava com carinho, colocando-a mesmo acima dos doentes. Mas, sempre sem tempo, raras as noites que não chegava muito tarde do hospital. Isto, sem falar nos plantões e nos chamados que não poupavam sequer os domingos. A razão, feitas as contas, estava com Joanita. A irmã, embora em tom de brincadeira, sempre lhe dizia:

— Você, Eliane, casou com um hospital.

No começo, logo que alugaram a casa cercada de jardins e muros altos, ainda almoçavam juntos. E havia o diálogo, que acabou por falta de assunto, já que ele, fora dos doentes e dos remédios, por nada se interessava. Não entendia, então, que um homem é como é e tem um modo próprio de gostar. O diálogo e os almoços, pois, findaram ao mesmo tempo. E, como ele jantava no hospital, acabou sozinha a buscar o que fazer, costurando e lendo, a cuidar mesmo do jardim para gastar o tempo. Um ano ou mais assim viveu até que soube, pelo próprio marido, da impossibilidade de ter filhos. Jamais esqueceria as palavras de Odilon:

— Você não será mãe. Os exames foram positivos.

O choque foi de tal modo que obrigou mesmo Odilon a se afastar do hospital por uns dias. Três dias, precisamente, sábado, domingo e segunda-feira. E esses três dias, que passaram num hotelzinho na Ilha de Itaparica, bastaram para convencê-la de que — se o marido muito a amava e era visível que a amava demais — dele se sentia cada vez mais distante. Perguntava-se, vendo-o assim tão interessado por sua saúde, se ali estava o marido ou o médico. Não foram poucas as vezes que, nervosa e irritada, fechados no quarto, o ofendeu até com palavrões. E ele, incapaz de zangar-se ou perder a calma, sempre a tratá-la com o maior carinho. No último dia, porém, quando o agrediu aos gritos naquela segunda-feira, não espe-

O LARGO DA PALMA   45

rou que ele se aproximasse. Ele, que jamais reagia, permanentemente controlado, sempre a pedir com a voz mansa:

— Me perdoe, Eliane.

Não, não esperou que ele se aproximasse! Abriu a porta do quarto, saindo, e a fechou pelo lado de fora, batendo-a com força. Transpôs o pequeno corredor, muito apressada, necessitada de ar livre. E, porque era cedo e o hotelzinho ficava próximo à praia, ainda viu o sol nascendo sobre o mar. Não viu, porém, a brancura das nuvens porque, no jardim tão cheio de palmeiras, entre o hotel e a praia, o homem prendeu-lhe toda a atenção. Alto, os ombros largos, os cabelos alourados, os olhos quase da cor do azulão do céu. O calção colorido, nu da cintura para cima, os pés descalços. E tão bonito lhe pareceu que pensou num artista de cinema. Diferente, muito diferente mesmo do marido. A verdade era que, comparado a ele, Odilon não passava de um sujeito desengonçado, feio e ridículo.

Não pôde prosseguir na comparação porque percebeu que o homem a esperava no passeio, fumando, os olhos presos nela como hipnotizados. Quis recuar, já não pôde. E, quando se deteve, ele se aproximou e tão perto que lhe sentiu a respiração calma e forte. Ergueu o rosto, fitando-o, e, embora o desejasse, não teve coragem de afastá-lo. Foi assim que Geraldo entrou em sua vida."

Os olhos, agora, estão bem abertos. O sol como que se faz mais forte para aquecer o seu próprio coração. E, calculando certo, deve faltar meia hora para o encontro com Odilon. Refaz o caminho em torno do Largo da Palma, passo a passo, a sentir um pouco de fome e a pensar que talvez estivesse aberta "A Casa dos Pãezinhos de Queijo". Vai assim, muito devagar, rodando o largo. Vê os pombos no beiral da igreja e pensa que ali estão para testemunhar o encontro. Mas e por que não consegue retomar o passado? A memória, como querendo protegê-la e nela extinguir o tempo que viveu com Geraldo, é um bloco de pedras que tudo fecha. A metade de uma vida, é verdade, como se não houvesse existido.

O pouco de frio que sente, naquele mormaço, deve ser uma ponta de febre. Já não tem idade, nem nervos, para tamanha expectativa. O coração, pulsando acelerado, parece querer sair do peito. Latejam as têmporas, dor de cabeça, a boca amarga. Que deseja Odilon, de onde vem após trinta anos, não seria um fantasma? Centenas de vezes, à medida que os laços com Geraldo se rompiam, nele pensara como a culpar-se no fundo do remorso. E, indagando-se por que ele sumira de tudo e de todos, estava certa de que se mudara de Salvador desde a separação. "Calma, calma", diz a si mesma, detendo-se para enxugar o suor do rosto com um lenço, "calma, que não posso chorar na rua." Os pombos voam agora, no alto, como se a ouvissem e quisessem alegrar o Largo da Palma.

É o começo da ladeira, agora. Espera que o caminhão suba, invadindo o largo e espantando os pombos, para transpô-la. E, apesar de andar muito devagar, sente crescer a inquietação quanto mais se aproxima do pátio da igreja, o lugar do encontro. Minutos, faltam apenas alguns minutos! Perto, muito perto mesmo, já na escadaria que leva ao pátio, vê Odilon. Está de pé, o paletó chegando aos joelhos, a calça frouxa em dobras sobre as pernas, o laço da gravata quase no peito, velho e sujo o chapéu de feltro. E, talvez por causa do buquê de rosas vermelhas que tem na mão, parece um palhaço de circo. É ele, Odilon, não há dúvida. Os cabelos grisalhos, bastante envelhecido, mas o mesmo homem de sempre.

Enorme o esforço de Eliane para que não chore e as mãos não tremam, agora, quando recebe as rosas. Ele, com a face séria e tranquila, mantém-se em silêncio por um minuto. Segurar o braço da mulher é tudo o que faz. E, como se nada houvesse acontecido naqueles trinta anos, desde que se separaram, ele apenas diz:

— Vamos, Eliane, vamos para casa.

Ergue o rosto e, vendo o sol que tudo inunda, não sabe por que se lembra das manhãs de chuva que sempre escurecem o Largo da Palma. Agora, como a vingar-se daquelas manhãs, o sol ajuda o céu tão azul. E Eliane, ainda com o coração a bater muito forte, não tem dúvida de que o seu velho largo, como num dia de festa, está vestido de branco.

Um Avô Muito Velho

O VELHO, QUANDO AQUILO ACONTECEU, trancou-se em si mesmo. Não era homem de conversas, sempre calado em seu canto, morando no quarto dos fundos que o pequeno quintal separava do corpo da casa. Ali ficava o dia inteiro, no quarto e no quintal, a tocar a sua sanfona, como a esperar a morte e que todos o esquecessem. Saía à noitinha, depois da janta, arrastando os pés na alpercata de couro, para o passeio no Largo da Palma. A casa, quase na curva do Gravatá, ficava a alguns metros do largo. Chegava sem pressa, passo a passo, como se custasse levar o corpo magro e leve. Respirava forte para sentir o cheiro do incenso que, vindo da igreja, se misturava com o dos pãezinhos de queijo. Era ao retornar, lá pelas oito horas da noite, que demorava um pouco na casa, como a visitar a filha e o genro na sala de jantar.

— E Pintinha? — sempre perguntava.

Mentira seria dizer que ele, o velho negro Loio, não tinha as maiores afeições por Pintinha, a neta. Muitas vezes, indo e voltando em torno do largo, nela pensava a lembrar-se de quando tinha apenas dois anos de idade. A pretinha viva e esperta, a mostrar os dentinhos no riso alegre, a falar pelos cotovelos na língua embrulhada, era a grande alegria do pai, Chico Timóteo, da mãe, Maria Eponina, e dele próprio, o velho negro Loio. E, porque o genro já vinha trabalhando com ele há muitos anos, passara-lhe o pequeno negócio que possuía no Mercado Modelo. Tornou-se, assim, uma espécie de aposentado com casa, comida e roupa lavada. Recebia ainda, no fim do mês, o dinheiro que vinha do lucro da vendinha.

— Para o fumo do cachimbo e as festas da Cidade Baixa — dizia.

Mas, e principalmente, tinha a neta e a sanfona. Tardes compridas, ali no quintal, com a netinha a brincar muito perto, de tal modo puxava as músicas que a sanfona parecia chorar. A mãe diria mais tarde que ela, de tão agarrada ao avô, nascera ao som da sanfona. E nascera mesmo, esta a verdade. E tanto esta a verdade que o velho negro Loio, quando se deu por ele, viu que Pintinha já não pedia para que a levasse ao Largo da Palma. Em um salto, de repente, deixara de ser a pequenina que, no largo, corria atrás dos pombos e comia os pãezinhos de queijo. E tamanho o salto que chegou o tempo da escola.

— Você, pai, leva e traz Pintinha da escola — Maria Eponina, a mãe, determinara.

Todos sabem em Salvador da Bahia que, apesar da idade, antigo de muitos séculos, o Largo da Palma tem boa memória. E como esquecer o velho negro Loio, nas manhãs de sol ou de chuva, a levar a neta para as aulas? Levava-a e a trazia de volta, pela mão, ambos numa conversa interminável. E conversa tão

O LARGO DA PALMA

interminável quanto a curiosidade que a fazia falar das lições, tudo querendo saber, as razões das coisas e da vida. Um dia, porém, colegas vieram buscá-la e, desde então, passou a vê-la como alguém que já não precisava dele. E dali, para tornar-se mocinha, foi outro salto. A mãe começou a dizer:

— Não tarda a ter namorado.

O namorado, porém, era ele, o avô. Nos momentos livres, quando não estava no Ginásio ou não preparava as lições, poderiam procurá-la no quintal ou no quarto do velho negro Loio. Ao lado do avô, sempre e sempre, horas inteiras juntos sem que se soubesse quem mais queria um ao outro. Ela quem arrumava os objetos no quarto, cuidava das roupas e fazia-lhe a cama. Fritava as bananas-da-terra de que ele tanto gostava, na cozinha da casa, para o café da manhã. A melhor mãe do mundo não teria tanto cuidado com o filho. E, se adoecia, uma gripe ou o que fosse, não se afastava até vê-lo bom. Maria Eponina, a mãe, dizia com satisfação:

— O pé e o estribo.

Ele, o velho negro Loio, pagava na mesma moeda. Qualquer coisa que Pintinha sofresse, uma simples dor de cabeça ou a mais leve indisposição, deixava-o tão preocupado que não ia sequer ao Largo da Palma. Permanecia na casa a indagar a todo momento se ela se sentia melhor. Não admitia a menor recriminação que a ela se fizesse, mesmo o pai ou a mãe, e de tal modo a colocava acima de todos os defeitos que era a mais perfeita e a de maior bondade. E, sobretudo, quando fez dezoito anos de idade, a mais bela entre as mais belas. Ninguém nascera ainda capaz de concorrer com a sua negrinha de voz doce, sorriso alegre e meiguice nos gestos. Tudo, efetivamente, era muito lindo no rosto preto: os olhos rasgados, a boca macia e os dentes fortes na brancura do leite. E ainda mais lindo o corpo enxuto de cintura estreita e coxas roliças. Os pequenos seios saltavam como querendo rasgar a blusa. Ligeiro balanço, quando andava, como numa leve dança.

— Não tarda a casar — todos diziam.

As coisas, inclusive o casamento, acontecem na hora certa. Assim pensava o velho negro Loio, a lembrar-se de Pintinha, já a caminho de casa, na esquina mesma do Largo da Palma. Noite de lua tão cheia na Bahia que vontade tivera de apagar as luzes. O largo não escureceria porque a lua, fazendo recuar o tempo, mostraria o casario, a igreja, os sobrados e o calçamento de pedras largas. E talvez voltasse a ser como o fora há séculos, assim triste na noite, mas em paz no silêncio. Tolices aquelas ideias quanto mais que o largo ficara atrás e já transpusera a esquina. Lá estava Maria Eponina, na janela, como a esperá-lo.

O velho negro Loio tinha uma espécie de sexto sentido que o fazia perceber, de longe, os acontecimentos. Ele mesmo achava que aquilo era uma consequência da velhice, pois vivera tanto que até podia dizer que vivera demais. E, desde que se entendia como gente, vivera sempre na melhor escola do mundo, que era precisamente o Mercado Modelo. Ali, em seus corredores, percorrendo as biroscas, não aprendera apenas a tocar a sanfona, porque aprendera todos os bens e os males da vida. O Mercado, aliás, se espichava pelos corredores, do lado de fora, a sua influência indo da Preguiça ao cais dos saveiros.

O LARGO DA PALMA

Nos passeios de todas as noites, ao rodear o Largo da Palma — já fechada a igreja e ainda aberta "A Casa dos Pãezinhos de Queijo" —, sempre se revia, menino, solto no grande Mercado. O pai, pescador de ofício, tinha uma perna só, que a outra perdera no mar, e, como ele mesmo dizia, na guerra com os tubarões. Vendera o saveirinho e, comprando uma porta, começou a vender charutos com tamanha sorte que em poucos anos já negociava em birosca própria com comércio variado. E, se o pai não se afastava da birosca, preso ao balcão como um condenado, não limitava a liberdade dele, o negrinho senhor das ruas e do Mercado. Vira, pois, o que havia para ser visto.

— O homem das cobras!

Era como se novamente estivesse a ouvir o homem que, aos gritos, com duas jiboias no chão, anunciava o elixir da saúde. Qual o quê! Estava mesmo era no Largo da Palma, que, de tão tranquilo, talvez se preparasse para dormir. Vez por outra, em certas noites, lembrava-se de Aparecida e é preciso dizer que dela se lembrava com muita saudade. Para ele, que acabara de fazer dezoito anos, aquela mulher fora tudo ao mesmo tempo: mãe, amiga e amante. Negra como ele, mais velha que ele doze anos, de tantas coisas entendia que era a sabedoria em pessoa. Sanfoneira, jogadora de baralho e dados, cantora nas ruas do cais, puta aos sábados, cartomante e rezadeira, mulher sem pouso certo que apenas tinha de seu o maior coração da Bahia.

— Eu gosto é da gandaia! — exclamava, os olhos acesos, os lábios carnudos.

Encontraram-se num dos portões de frente do Mercado, quase no começo da noite, a tocar a sanfona, o povo em volta aplaudindo e jogando dinheiro, em notas e moedas, na toalha colorida. Ele de pé, vendo e ouvindo, encantado. Quando ela finalmente parou de cantar, e todos se afastaram e saíram, foi o único que ali se manteve. Encantado demais para mover-se, de pé, como se estivesse frente a uma assombração. Aquele espanto a seduziu no instante em que se ergueu, após recolher o dinheiro e pô-lo na bolsa, já com a sanfona envolta na toalha colorida. E com a sanfona no ombro, a saia vermelha, a blusa preta, as sandálias de pele de cobra, o colar e as pulseiras de conchas do mar, aproximou-se para perguntar:

— Quem é esse preto tão lindo?

Entregou-lhe a sanfona e, tomando-o pelo braço, afastaram-se do Mercado como se fossem velhos conhecidos. Deixou-se levar para a ladeira da Montanha e, lá muito no alto, entraram num sobradinho que de tão antigo e estragado não se sabia como ainda não caíra. E, sempre a conduzi-lo, ela se meteu corredor adentro e escada acima a buscar um dos quartos de fundo. Abriu a porta e, logo entraram, ele viu a cama de casal, uma cadeira, a mesinha com a moringa e o pequeno armário. Abriu também a janela para que a brisa, vinda do mar, abrandasse o mormaço.

— Aparecida! — murmurou, baixinho, como se temesse ser ouvido.

Agora, no Largo da Palma, era como se a memória estivesse no coração. Cansado ou enfraquecido, assim após setenta anos, doía ainda o velho coração quando de Aparecida se lembrava. E, mesmo com os pés no Largo da Palma, já recolhidos os pombos na galharia das árvores, mesmo com a noite clara e quente arejada pelos ventos da Bahia, mesmo assim o coração doía ao lembrar-se de Aparecida. A alegria, o riso e a coragem tão partes dela quanto os seios redondos e duros. Úmida a luz dos olhos, a voz metálica, as coxas macias. E desde aquela noite, quando dava-lhe o corpo e exigia o dele, um posse do outro, ele a beijá-la na boca e nos seios, o nome que ela gritou ficou para sempre:

— Menino!

O pai, preocupado com a birosca, apenas no começo se interessara em saber quem era a mulher por quem o filho se embeiçara. Loio, afinal, era praticamente um homem. E, do que dependera dele, dentro do possível, cumprira as obrigações de pai. Colocara-o na escola pública e tanto que aprendera a ler, escrever e contar. Que agora se soltasse com uma mulher, nela agarrado todos os dias, nada tinha a ver com semelhante gamação. Sabia, por ouvir dizer, que a sanfona os unira. O filho, aliás, de tal maneira nascera com aquela mania de música que, ainda menino, ali mesmo no Mercado, aprendeu a tocar a sanfona. E o seu professor foi um dos maiores, o grande Manuel de Deus, mestre nos choros e nas valsas.

— Os sanfoneiros! — o povo pobre, da Cidade Baixa, apontava-os nas ruas.

Uma sanfona só para o amor sem tamanho de dois corações iguais. E tão imenso amor que, mesmo aos sábados, Aparecida já não fazia vida de puta. Preferia abrir o baralho, sentada no chão com o seu príncipe negro ao lado — ele, o Menino —, dizer do destino, sempre dando melhor sorte aos pescadores e marinheiros que pagavam bem. Muito séria, o xale branco na cabeça, o semblante concentrado como se estivesse a ver realmente o futuro. Convencia, todos acreditavam, o dinheiro chovendo. E ele, Loio, também ele convencido dos poderes da mulher, pediu certa vez:

— Veja o que será de mim. E me diga o meu amanhã.

Pensão não muito longe do porto, marinheiros dos saveiros do Recôncavo os seus hóspedes, ali moravam ele e Aparecida. Estavam no quarto, acesa a lâmpada que pendia do fio, deitados na cama. E, ao ouvir o pedido, levantando-se para apanhar o baralho, indagou como a certificar-se:

— Quer mesmo saber? — E, já com o baralho na mão, voltando-se para ele, parecendo hesitar, acrescentou: — Não tem medo?

— Diga, diga! — ele exclamou, repetindo-se.

— Pense bem porque não posso mentir — disse, como a recear alguma coisa. — Não, Menino, não posso esconder o que vejo!

Sentou-se e espalhou as cartas na cama. Concentrou-se como sempre fazia, mas, tendo os olhos nas cartas, parecia fora do mundo. O rosto se fechou, franzida a testa, ofegante.

— Que foi? — ele indagou, erguendo-se de um salto, inquieto.

— Você tem uma morte nas mãos — ela disse, falando depressa, muito baixo.

A memória no coração e o velho negro Loio a sentir que ele pulsava mais forte todas as vezes em que se lembrava de

Aparecida. O episódio das cartas, as palavras da mulher — "uma morte nas mãos" —, tudo aquilo submergia no coração, era verdade, mas não sumira no esquecimento. E não foi pouco o que aconteceu depois, naqueles anos de vida, tantas e tantas coisas que nem de todas recordava. Os passos lentos no Largo da Palma, a cabeça baixa, era certo que nas noites de mormaço o coração sempre se abria para que a memória pudesse sair.

Ali estava no Largo da Palma, a memória, livre e animada como o vento.

Ela, Aparecida, não tinha como durar muito. Menos de três meses e já deixava o seu Menino dias seguidos, ganhando as ruas da Cidade Baixa, sumindo como por milagre. Não sabia viver fora dos cabarés, nos becos, a jogar e a beber. Marafona que se vendia a homens que não faltavam. Lembrava-se agora daquela manhã de domingo, sol e grande claridade, Salvador da Bahia ouvia a música dos sinos. Bateram na porta do quarto e alguém exclamou com a voz pesada:

— É a Polícia!

Levaram-no e não teve coragem de indagar por que o faziam. Polícia é polícia, e pronto. O beco estreito e úmido fedia a urina, mais ratos que homens. Aparecida no chão, a poça do próprio sangue, morta. Abatida a facadas, não se sabia por quem e por quê, o rosto voltado para a pequena multidão. Nas janelas dos sobrados, que eram pardieiros, mulheres seminuas, falando alto, comentavam o acontecido. Fechou os olhos, já chorando, para não continuar vendo. Sentiu, porém, uma mão no ombro e logo ouviu a voz do pai.

— É meu filho — o pai explicou, dirigindo-se aos policiais.

Os anos correram, dez anos de trabalho duro ali no Mercado Modelo, ao lado do pai, na birosca. Companhias, se teve, foram duas: a sanfona e a saudade de Aparecida. Noites vazias em que, a tocar a sanfona, vencia a solidão e sentia a mulher tão perto como se estivesse viva. E foi então que o pai morreu com dores no peito e como afogado no seco. O pai, um sujeito bom! Bom e trabalhador, um pouco sovina, que lhe deixou de herança a birosca, um bocado de dinheiro e um terreno no Rio Vermelho. Com parte do dinheiro, comprou a birosca do vizinho, juntou as duas, fez um pequeno armazém. E, como lá se dizia no Mercado, tornou-se um negociante remediado.

A sanfona, que muitas vezes tocava ali mesmo, nas horas de folga, nos fundos do armazém, não conseguiu levá-lo às festas da Bahia. Não faltaram convites para tocar em cordões, no carnaval, ou participar dos festejos do Senhor do Bonfim. Um homem arredio, porém, que não gostava de festas e preferia se entocar com a sanfona em seu quarto, ensimesmado. Cinema e circo, sim, eram as suas diversões. E foi num circo, o "Grande Circo Europeu", já começando a surgir um ou outro cabelo branco porque aos quarenta anos de idade, que conheceu Verinha. Miudinha e alegre, negrinha que sabia sorrir e sonhar, a bondade em pessoa.

— Eu sou Verinha — ela disse.

Conheceram-se na arquibancada, sentados um ao lado do outro, viam as loucuras do trapezista que volteava no ar. E de repente, oscilando como se fosse cair, fez com que todos se levantassem, nervosos. Ela, no instante, segurou o braço dele.

O LARGO DA PALMA

E, conversa puxando conversa, juntos saíram do circo, comeram pipocas, beberam água de coco, tornaram-se namorados. Acabou por levá-la em casa, no Itapagipe, já sabendo que era uma costureira e morava com a mãe viúva. O noivado não tardou, ele aparecia todas as noites com a sanfona, a mãe e os vizinhos gostavam de ouvi-lo tocar. E, menos de dois meses, o casamento.

— Quer morar com a gente? — Verinha perguntou. — Aqui, nesta casa, comigo e mamãe?

O Largo da Palma, a noite morna, o velho negro Loio andava passo a passo. Lembrava-se tão fortemente de Verinha que chegava a escutar-lhe a voz e a via mesmo, como num retrato, em seus olhos cansados. O próprio Largo da Palma, e assim ele se lembrava da mulher, parecia comover-se. Dúvida jamais tivera de que, se a tranquilidade o envolvia, era porque Verinha nele habitava. Ela quem respirava na brisa tão leve e não seria impossível que — morta há tantos anos — tudo acalmasse para que as árvores e os pombos dormissem em paz. A certeza absoluta era que Verinha, e como o fizera em vida, sempre estava a seu lado, ali, no Largo da Palma.

— O largo, Verinha, é tão seu quanto da Santa.

Isso dissera muitas vezes, logo vendeu o terreno do Rio Vermelho e comprara a casa no Gravatá, a mulher já grávida de Maria Eponina. Na casa, com a mãe de Verinha, viveram anos, mais de dez anos, se não errava nos cálculos. A filha, Maria Eponina, nasceu no quarto em que agora dormia com Chico Timóteo, o marido. E, tardes e noites sem conta, com a mulher e a menina, esteve no Largo da Palma. O sino, ah, o velho sino da igreja! Como esquecê-lo? Os repiques, que chegavam à casa, convidavam para as missas. A vida correu assim, boa e tranquila, até que Verinha adoeceu. A febre alta, o enfraquecimento, era o tifo.

— Acabou de morrer! — o médico exclamara.

Tudo muito rápido, em dias, a surpresa da morte perturbando-o inteiramente. A filha, Maria Eponina, tão inconsolável quanto a avó, a mãe de Verinha. E ele próprio, Loio, buscara no trabalho um pouco de esquecimento, permanecendo no armazém até a noite, a arrumar e desarrumar a mercadoria. A vida foi isso, apenas isso, a provar que os anos passam depressa. E, quando a mãe de Verinha morreu, tão velha que não se levantava da cama, descobriu que ela, Maria Eponina, já era uma moça. E tão dona de casa como outra não existiria no Largo da Palma.

O negócio que tinha no Mercado Modelo ganhou tamanha freguesia que necessitou de um empregado. Impossível atender a todos e tudo resolver sozinho. Pensava mesmo ampliar o armazém, mas nada podia fazer sem um empregado bom e de confiança. O primeiro que contratou foi um desastre. O segundo, com menos de quinze dias, gatunava em sua própria cara. E já desanimava quando, em conversa com Maria Ecléa, que vendia rendas do Ceará e do Maranhão, sobreveio uma esperança. A mulher, negra de não mentir e carola de sacristia da Igreja de Conceição da Praia, ofereceu o filho.

O LARGO DA PALMA   63

— É um rapaz e tanto — ela disse, no elogio — e não é por ser meu filho. A verdade, porém, é a verdade.

— Eu sei, eu sei — Loio concordou.

— Tem prática de balcão — ela prosseguiu — e já trabalhou até em casa de ferragens. Não, não é por ser meu filho! Vosmecê experimente Chico Timóteo e me diga depois se estou mentindo.

Maria Ecléa não se enganara. Chico Timóteo tanto era um rapaz e tanto que, em três anos, tudo fazia e providenciava como se fosse um sócio. Homem de bem, devoto de Conceição da Praia como a mãe, sobretudo um homem de paz. Muito sentira a morte da mãe, que, também vítima do tifo, morreu como um passarinho. E, porque a confiança nele era enorme e já que não tinha Maria Ecléa para preparar-lhe o feijão, fez o convite:

— Venha comer com a gente, lá em casa, na Palma.

— É muito trabalho — ele disse, como a desculpar-se.

— Panela que cozinha para dois também pode cozinhar para três — Loio o interrompeu, decidindo.

E, se já conhecia Maria Eponina há anos, pois ela sempre estava no Mercado e ele sempre ia à casa do negro Loio, as refeições e os encontros diários acabaram por fazer o que todos previam. Namoro, noivado, casamento. Cedera a casa à filha e ao genro e, passando a morar no quarto dos fundos — junto ao quintal —, sentiu-se meio aposentado. E Pintinha chegara, logo crescendo, uma bonequinha negra. Levava-a pela mão, todas as tardes, a passear no Largo da Palma. Ali, na igreja, ela se batizara. E desde então, ano após ano, enchera-lhe a vida de tal modo que se tornou mesmo a sua própria vida.

A sanfona sempre teve Pintinha a seu favor. E isso porque, nos grandes acontecimentos de sua vida como em todos os aniversários, o avô Loio jamais esquecera de festejá-los com músicas. Foi assim quando se matriculou no Ginásio, na Escola Normal e recebeu o diploma de professora. E sempre recordava o dia em que, voltando da rua, anunciava com voz alegre:

— Já estou nomeada. Agora sou professora de verdade.

Hora do jantar e, como a sopa de arroz acabara de ser servida, ainda fumegava nos pratos. O pai, a mãe e o avô, sentados, em torno da mesa redonda. A conversa em tom baixo, pois era sempre assim nas refeições. Repetiu a notícia, agora mais alto, sem deter o riso:

— A professora está nomeada!

Todos se ergueram, com animação, falando ao mesmo tempo. A mãe retirou os pratos após o jantar, e o pai permaneceu na sala para ler os jornais. O velho negro Loio, então, puxou a neta pelo braço e a levou para o quintal. E, porque visse estrelas no céu e achasse que os olhos de Pintinha brilhavam mais que as próprias estrelas, foi ao quarto e retornou com a sanfona. Tocou e tocou muito até noite alta.

— Você e a sanfona — ele disse. — Meus dois amores.

A escola onde a puseram não ficava perto. E, porque professora nova que iniciava a carreira tinha de começar em bairro distante, colocaram-na em Amaralina. Nascera mesmo para professora, Pintinha. Chegava com os livros e os cadernos, falava dos alunos, filhos de pescadores e muito pobres, quase todos negros. Paciente e bondosa, a ensinar a cartilha e a tabuada, tanto conquistara a afeição dos meninos quanto dos próprios pais. E, vezes sem conta, recebia peixes e frutas daquela pobre gente.

— Como vão os meninos? — ele, o velho negro Loio, indagava.

— Muito bem, bem-bem — a resposta de Pintinha era sempre a mesma.

Saía cedo e descia a ladeira para pegar o ônibus de Amaralina. Voltava à noite, aí pelas oito horas, e tanto que a mãe lhe guardava o prato feito. Um pouco antes, ao regressar do passeio sempre em torno do Largo da Palma, o avô perguntava:

— E Pintinha?

— Está chegando — Maria Eponina respondia.

Ela assim também respondeu naquela noite, Pintinha a completar um ano na escola de Amaralina, tudo na rotina de todos os dias. O prato feito, Chico Timóteo a ler o jornal, Maria Eponina a esperá-la na janela. E ele, o velho negro Loio, como sempre fazia, transpôs o quintal. E, quando em seu quarto, nos fundos, deitou-se mesmo vestido para rever as revistas que Pintinha sempre trazia. Cochilou, a revista caiu, adormeceu. Acordou com os gritos da filha, Maria Eponina, e, saltando da cama, correu à sala. Lá estavam os vizinhos e dois policiais que conversavam com Chico Timóteo. Vendo-o entrar, evidentemente fora de si, a filha pareceu-lhe ter enlouquecido.

— Uma desgraça, pai! — ela exclamou.

— Que foi? — indagou. — Mas o que foi?

Quem respondeu foi Chico Timóteo. Ele, o genro, tinha lágrimas nos olhos, as mãos trêmulas, e gaguejava. A voz baixa, como que assustada, quando disse:

— Quase mataram Pintinha. — E, com a mão, mostrava os policiais. — Estão dizendo que bateram, violentaram e atiraram nela. No hospital, agora, entre a vida e a morte.

Os policiais, o genro e a filha logo saíram para o hospital. Ele ficou porque Chico Timóteo achou que, já bastante velho, não devia ver Pintinha. Com os vizinhos em casa, todos falando ao mesmo tempo. Todos, menos ele, o velho negro Loio. No momento, assim que soube da brutalidade contra a neta, controlou-se de tal modo que manteve a calma. Ninguém diria que, por dentro, nas entranhas, a raiva queimava como fogo. Pôde pegar mesmo um copo, colocar o açúcar na água e oferecer à filha. E, quando se encontrou sozinho, tendo que aguardar o regresso da filha e do genro, achou que o melhor a fazer seria dar umas voltas no Largo da Palma.

Fora, já no Largo da Palma, com os pés no chão de pedras e o mormaço noturno a aquecer-lhe o coração, não pensou o que sentiu. E o que sentiu foi uma enorme saudade de Verinha.

Noventa dias, três meses, semana a semana. Era como se não houvesse deixado o Largo da Palma todo aquele tempo. Estivera no hospital e vira Pintinha, gemendo, a febre alta, tão doente que parecia agonizar. Melhorara após duas operações, um mês depois, e foi quando a trouxeram para a casa. Um

O LARGO DA PALMA 67

bocadinho melhor, sem dúvida, mas tão fraca que não viveria sem o soro. Reconhecer, não reconhecia ninguém, nem a ele, o avô. O genro, Chico Timóteo, mudo. A filha, Maria Eponina, a chorar pelos cantos. E ele, o velho negro Loio, a buscar um pouco de paz no Largo da Palma.

Ali, no largo, chegando a noite da Bahia com todas as estrelas no céu. Tudo muito triste, tudo, mesmo a igreja que parecia encolher-se para não magoá-lo. Foi então que resolveu procurar o médico, o doutor Eulálio Sá, para uma conversa franca, sem rodeios, o preto no branco. Uma hora depois, já em casa do médico, nos Barris, perguntava:

— O doutor está?

Soube, na própria voz do médico, que, a não ser pela vontade de Deus, Pintinha não tinha como salvar-se. As operações feitas, uma na cabeça e outra no estômago, apenas prolongariam a vida por algum tempo. O sofrimento, porém, seria cada vez maior, e melhor teria sido que houvesse morrido na hora mesma da agressão. Que ele, o avô, não alimentasse qualquer esperança. O sofrimento, muita dor ainda, até o descanso da morte.

— Obrigado, doutor — disse ao despedir-se.

Na manhã seguinte, ao entrar no quarto de Pintinha, viu Chico Timóteo tentando consolar Maria Eponina, que chorava. Era o mesmo quadro todos os dias. A neta na cama, respirando com dificuldade, gemendo sempre. Gritava por vezes, o corpo a tremer na aflição medonha, torturada. Naquela manhã, porém, doeu muito mais do que já vinha doendo o seu coração de velho. Recuou sem dizer uma palavra e, com a cabeça baixa, andando devagar, alcançou o Largo da Palma.

No instante, vinda de muito longe, ouviu a voz de Aparecida, que lhe chamava Menino, porque era a amante e a mãe. "Você tem uma morte nas mãos." Sentiu o ar ocupado como se ela estivesse perto, calor no sangue, lábios secos, vontade que o cérebro parasse. Decidiu então, como se recebesse uma ordem, que Pintinha não merecia morrer com tanto sofrimento. E sabia como fazer para tudo acabar de uma vez.

Um dia inteiro pela frente, tempo bastante para ir ao armazém e, no Mercado Modelo, arrumar o veneno de que precisava. Sabia em que porta devia bater. E, na botica de Felício, que era farmacêutico diplomado, pediu o que necessitava. Veneno forte, de ação rápida, que não provocasse sofrimento.

— E para que diabo quer esse veneno? — Felício indagou.

— Para o meu cachorro — o velho negro Loio respondeu. — É um cachorro velho, asmático e pulguento. E agora parece que tem a lepra. Coitado!

O farmacêutico não tinha como desconfiar do velho negro Loio. Conhecia-o há mais de trinta anos, um dos raros que progredira no Mercado, homem de bem e sério. E por isso entregou-lhe o veneno, fazendo certas recomendações, ensinando como aplicá-lo, que o mantivesse sobretudo em lugar seguro.

— Mata mais rápido que qualquer bala no coração — Felício concluiu, rindo-se.

Não perdeu tempo, regressando logo, muito apressado, como se um minuto a mais pesasse no sofrimento da neta. Em casa, ao chegar, a filha o esperava. Iria à rua por um instante e, se o marido estava a trabalhar no Mercado, que ele não saísse, pois Pintinha não devia ficar sozinha. O genro fora, a filha na rua, ele e Pintinha. Os olhos úmidos e o coração a pulsar forte. A mão, porém, não tremeu quando desfez o embrulho e, esvaziando-o, pôs o veneno no copo com água. Levou-o ao quarto e desta vez estranhou não temer fitar Pintinha. Vê-la, assim inchada e com o crânio fraturado, a gemer ou a gritar, doía tanto que desejava tornar-se cego e surdo. Evitava, pois, entrar no quarto. Agora, com o copo na mão, aproximando-se da cama, sentia-se como se estivesse a beijar a menininha que adormecia em seu colo. Debruçou-se para chamá-la:

— Pintinha!

E, fazendo-a beber a água com o veneno, tão dentro de si estava que, mais uma vez, ouviu a voz de Aparecida. "A morte nas mãos." Saiu rápido, o copo na mão, como a fugir. Na cozinha, sempre apressado, tanto lavou o copo que sentiu os dedos amortecidos. Retornou à sala, ia sentar-se, quando a filha abriu a porta da rua. Na sala ficou e, agora de pé, aguardou que Maria Eponina gritasse, chamando-o. Não houve o grito e nem o chamado. A filha veio do quarto, indiferente a tudo, sem lágrimas e quase sem voz.

— Traga uma vela, pai — ela disse. — Pintinha acaba de morrer.

Um Corpo sem Nome

Eu a vejo e parece que vem de longa viagem. O Largo da Palma, tão quieto e assim vazio de gente, talvez seja agora o mais tranquilo recanto de Salvador da Bahia. A tarde se acaba, é verdade, mas a noite ainda não chegou. E por que me encontro aqui, quem sou, isto não importa. O que realmente conta é que estou na esquina do Bângala, de pé e a fumar, buscando trazer a paz do largo para mim mesmo. As árvores, as lâmpadas fracas nos postes de cimento e o vento manso. O largo seria apenas isso não fosse a mulher que vem tropeçando muito, talvez bêbada ou uma epiléptica, quase a alcançar a escadaria do pátio da igreja. Cai, estremecendo, em silêncio.

— Misericórdia! — exclamo, já a correr, aproximando-me.

E, mal me debruço para acudi-la, não tenho dúvida de que está morrendo. Dois ou três minutos de vida, no máximo. E penso que, se tentar erguê-la, morrerá em meus braços. Debruço-me um pouco mais, esforçando-me por levantá-la. Os olhos se escancaram, a respiração falta, uma golfada de sangue preto. E, porque sei que está morta, recoloco-a no chão, com cuidado, como se temesse feri-la. Então, erguendo-me, sem saber como se formou e de onde tantas pessoas teriam vindo, vejo a pequena multidão.

— Que foi? Como foi? — as perguntas que escuto.

É possível que toda aquela gente estivesse na igreja. É muito possível porque, ao correr para socorrer a mulher, no Largo da Palma não havia mais que duas ou três pessoas. Sim, saíram da igreja e tanto assim que todas as suas portas estão abertas. E a maior prova é que, agora ao meu lado, o próprio padre acaba de chegar. Vendo a mulher deitada, morta, pede a um velhote — o sacristão, talvez — que vá buscar algumas velas. Aqui permaneço, sempre a fumar, à espera das velas e da Polícia. Sou a testemunha e, se ela morreu em meus braços, tenho que dizer como aconteceu.

Há a bolsa de couro, no chão, ao lado do corpo. Usada, gasta, suja. Aí, junto aos pés, é como uma parte do corpo que deve guardar os pertences da mulher. Lenço, batom, pente, perfume e mesmo algum dinheiro. A carteira de identidade, certamente. O endereço, claro. A minha curiosidade, porém, não será satisfeita enquanto a Polícia não chegar. E, se tenho que esperá-la, revejo mais uma vez, com detalhes, o que já vi: a mulher no calçamento, morta, indiferente ao mundo.

O silêncio, agora. Calaram-se os rádios e, na multidão em redor, ninguém fala. É a morte, eu sei, a morte que sempre assusta os vivos. E, porque os pombos e as árvores estão quietos, o próprio Largo da Palma parece respeitar a morta. As velas, já acesas, em torno do corpo. Magro é o rosto, as órbitas fundas, os cabelos grisalhos, a boca murcha com três cacos de

O LARGO DA PALMA

75

dentes. Os braços tão secos quanto os seios e as pernas. O vestido tão imundo que difícil é saber se azul ou cinza, enorme e frouxo na cintura, descosido nas mangas. Tudo isso me diz que houve fome e muito cansaço.

— E por que a Polícia demora tanto? — A voz que escuto é de mulher.

Escuto a voz, é verdade, mas é como se não a ouvisse. A morta, ali no chão, me leva tão longe no tempo que revejo o corredor, estreito e comprido, na penumbra. O fio vinha do alto e a lâmpada tão fraca que era menos que a luz de uma vela. Oito ou dez quartos, de um e de outro lado, como cárceres numa prisão. Ali as mulheres se deitavam com os homens e, quando o colega do armazém me levou pela primeira vez — para que, pela primeira vez, me tornasse homem no corpo de uma mulher —, vi alguém como esta que acabou de morrer no Largo da Palma. Rude, muito mais velho do que eu, aquele colega. E por isso veio sem preparação o convite que me fez:

— Você quer ir a uma casa de mulheres?

O pequeno salão embaixo, a escada que levava ao corredor e aos quartos no andar de cima, tudo num sobradinho da Ajuda. Gordalhona e esbranquiçada, sempre com uma rosa vermelha nos cabelos compridos e ruivos, cercada e protegida por três grandalhões, aquela dona mandava na casa como uma rainha. Explorava as mulheres e as bebidas. Ao chegarmos, logo nos sentamos e bebíamos a cerveja já com duas mulheres em nossa mesa, a pobre veio dos fundos. Uma pobre dentre as mais pobres no mundo, eu pensei.

Tinha precisamente este corpo e este rosto, o mesmo vestido e os mesmos sapatos, em tudo igual à morta que aqui está nas pedras do Largo da Palma. Tinha um pouco mais, é certo. E isso porque, se tinha um xale em torno do pescoço, não tinha uma bolsa de couro. Conversas em tom alto, risos, o fumaceiro dos cigarros. E de repente, ao aproximar-se da porta da rua, a cafetina fechou a saída com o corpo de cem quilos para exclamar aos gritos:

— Escute aqui!

Todos se voltaram, agora em silêncio, e viram que a pobre se encolhia como querendo desaparecer. Os braços caídos, tremiam as mãos, os olhos suplicavam. Sobreveio, então, a tosse.

— Olhe, escute aqui! — a cafetina gritava. — Se você não arrumar um homem, vai dormir na rua. Dormir e morar na rua! Entendeu?

Lágrimas e a tosse, envelhecida e feia, um esqueleto de tão magra. Tuberculosa, talvez. O colega, que parecia conhecer a gordalhona de perto, cochichou-me que assim eram expulsas as mulheres já sem atrativos. Aquela, pelo que se via, já não tinha coisa alguma, nada, nem mesmo uma cama para dormir. Esperasse, esperasse um pouco, que a cena prosseguiria. Acendi um cigarro, sentindo-me tão humilhado quanto a pobre, e logo a cafetina acrescentou:

— É melhor sumir de uma vez. Sabe? Você já não dá no couro! — E, com a voz sempre alta, correndo o olhar pelo salão, indagou: — Algum homem, aqui, que queira esta mulher?

Não podia dizer que fosse um homem como o colega e os outros que ali estavam. Sentados, bebendo e fumando, quase

O LARGO DA PALMA

todos tinham mulheres nas mesas. E os que não tinham, dando de ombros, mal se moveram nas cadeiras. A pobre, de pé, o xale em torno do pescoço, quanto mais se esforçava para conter a tosse, mais tossia como uma tísica. Não, eu não podia dizer que fosse um homem! Não podia mesmo porque acabara de fazer dezoito anos.

— Vá, vá embora! — a cafetina exclamou, expulsando-a.

Dezoito anos, pois, a minha idade. Junto, abraçando-me, a mulher que me levaria ao quarto e tão jovem que teria a minha idade. Loura e bonita, os cabelos corridos, os lábios finos, os seios pequenos e cheios, muito azul nos olhos. Não a vi, nem a ela e nem ao amigo, quando me levantei. E, ao levantar-me, já gritava:

— Eu quero essa mulher!

Hoje, quarenta anos depois, ainda revejo o assombro na cara da cafetina. Avancei para a pobre e, segurando-a no braço, a levei, não para a escada que conduzia ao andar de cima, mas para a rua. No Terreiro de Jesus, meia hora depois, sentados em um dos bancos da praça, vi de perto o seu olhar vazio. E ouvi, para não mais esquecer, tudo o que disse:

— A morte deve ser melhor que a vida. — Beijou-me a mão e ergueu o rosto. — Deve ser muito melhor mesmo, porque não há medo e nem fome.

E, se é a hora das crianças no Largo da Palma, por que elas aqui não estão? O corpo nas pedras e as velas acesas, aí está a resposta. Eu, que o conheço na intimidade, pois nele vivo há mais de vinte anos, sei que esta é a hora das crianças. Vêm de todos os lados — das ruas mais perto, dos becos e das ladeiras — para a gritaria nas brincadeiras. Compram pãezinhos de queijo, saltam e correm, substituem os pombos no pátio da igreja. Agora, porém, a morta no calçamento as expulsou e, sem as crianças, como que ocupa o largo inteiro.

— A Polícia está chegando — alguém avisa.

A pequena multidão recua, o círculo é o mesmo, a curiosidade em todos os olhares. Apresento-me aos policiais porque sou a testemunha. E digo que vi quando ela entrou no Largo da Palma, tropeçando, para morrer em meus braços. O inspetor ordena que a ponham no rabecão e pede-me para acompanhá-lo ao necrotério e à Polícia. Desfaz o pedido, porém, ao saber quem eu sou. Não há necessidade em acompanhá-lo e, já que me apresentara como testemunha, seria avisado, qualquer dia, para o depoimento. Afinal, como era fácil verificar, um caso tão simples que não chegava mesmo a ser um caso.

— Eu a vi cair e morrer — digo, espaçando as palavras, como a convencer o inspetor. — Tenho, agora, a minha curiosidade e, por isso, gostaria de ir com o senhor.

— Isto não custa nada — o inspetor responde. — Vamos!

Aqui estamos, agora, no necrotério. O médico, que vê a morta ainda na maca, fita-a com curiosidade muito maior que a minha. E, como a adiantar o exame e o laudo, observa secamente:

— Tóxico.

— Foi no que pensei — o inspetor diz. — E no que pensei logo a vi, lá, no Largo da Palma.

O LARGO DA PALMA

Nua na mesa de mármore. O inspetor, para buscar-lhe o nome e inscrevê-la no registro do necrotério, abre a bolsa de couro. A mulher, a sua bolsa, um caso simples. O caso poderá ser simples, mas, para mim, não há vidas simples. Não é improvável, pois, que tenha havido alguma coisa maravilhosa, mesmo fantástica, na vida que se acabou no Largo da Palma. E talvez as revelações, começando com a identidade, se ampliem no que o inspetor possa encontrar na bolsa.

— E então? — eu pergunto ao inspetor.

Estamos na antessala onde o médico realiza a autópsia. O inspetor, enquanto aguarda o resultado, abre a bolsa e a esvazia, pondo todos os objetos na mesa. Não, não há carteira ou documento que estabeleça a identidade da morta! Não é pouco, porém, o que se encontra. Um pente, um lenço de linho, um maço de cigarros e uma nota de dez cruzeiros. E não é pouco porque também aqui estão uma caixa de fósforos e uma saboneteira de plástico. Na caixa de fósforos um pó branco que o inspetor logo reconhece como cocaína. E, para nossa surpresa, mais de dez dentes de criatura humana na saboneteira de plástico.

O momento exato em que, abrindo a porta, o médico reaparece. Tem as mãos nas luvas de borracha e não esconde a satisfação por ter acertado, à primeira vista, ser aquele um caso de tóxico. Aproxima-se e, ao ver a caixa de fósforos com o pó na mão do inspetor, diz sem hesitação:

— Tóxico — e repete —, foi o tóxico.

O inspetor repõe os pertences da morta na bolsa de couro e, levando-a consigo, pede ao médico que não demore em enviar oficialmente o laudo. Antes de sair, tendo-me ao lado, avisa aos funcionários do necrotério que, por falta de identidade, o corpo deve permanecer na geladeira para o reconhecimento.

— No gelo, pois, até o prazo da lei — estas, exatamente, as palavras do inspetor.

Hoje, dois meses após a morte da mulher, o Largo da Palma já a esqueceu porque, velho como é, não tem memória para todos os acontecimentos. Não deve sequer lembrar-se de quando levantaram as casas mais baixas e estreitas, estas de telhas tão pretas quanto o tempo, com o verde e o azul em tintas fortes ocultando as cicatrizes e as rugas. E, certamente, não se lembra de quando foram plantadas as árvores e chegaram os primeiros pombos. Vendo-o agora, nesta penumbra que sempre avisa a aproximação das noites na Bahia, com a igreja vazia e os sobradinhos em silêncio, penso na mulher que morreu em meus braços. Ela, a pobre, pareceu-me que vinha de longa viagem.

Muito perto estou de "A Casa dos Pãezinhos de Queijo" e, talvez por isso, o ar cheira a trigo. Há, porém, o incenso que vem da igreja. E não tenho dúvida de que esta mistura de trigo e incenso foi o que atraiu a mulher para morrer, aqui, no Largo da Palma. Ontem, quando reencontrei o inspetor na Rua Chile, quase dois meses após o meu depoimento na Delegacia de Polícia, ele me informou das principais conclusões do inquérito.

— Era aquilo mesmo — o inspetor disse. — Uma viciada em tóxico.

— E que mais? — eu indaguei. — Como se chamava? Alguém a reconheceu?

— Não, ninguém a reconheceu! Foi para o cemitério como a morta do Largo da Palma. Apenas isso.

Calou-se, o inspetor, por um momento. Fitou-me nos olhos, um pouco desconfiado, como se eu já não tivesse percebido que ele pintava os cabelos. Um policial idoso, quase na aposentadoria e que, por isso mesmo, deveria ter longa convivência com o mundo e os mistérios. Um homem dos detalhes, sem dúvida. E tanto que, sem que eu perguntasse, esclareceu as dúvidas que subsistiam.

— Ela tinha o tóxico em todos os poros — ele disse. — O tóxico que corria no sangue. Uma viciada!

E, por temer que ele esquecesse, indaguei:

— E a saboneteira com todos aqueles dentes? Vocês, da Polícia, conseguiram decifrar o enigma?

— Ah, sim, a saboneteira!

— Decifraram? — perguntei novamente, insistindo.

— Os dentes eram dela mesma e isso ficou provado — o inspetor respondeu. — O que jamais se saberá, porém, era por que os tomava ao dentista para colecioná-los. Os seus próprios dentes!

E, despedindo-se, acrescentou:

— Foi tudo o que conseguimos apurar.

Agora, desfeita a lembrança do inspetor, fechada "A Casa dos Pãezinhos de Queijo", já o incenso não escapando da igreja, a noite avançou tanto, que os gatos não tardaram a aparecer. Eu os conheço, esses gatos. No verão, quando o mormaço baiano me acorda muito antes da madrugada, venho à janela para vê-los. E naquelas poucas horas se tornam os donos do largo porque os homens e os pombos estão dormindo. Sim, eles, os gatos, estão chegando agora. Saem das esquinas e de alguns telhados para o encontro de todas as noites. E assim, vendo-os do meu canto, mais uma vez penso na morta.

Pareceu-me que, ao entrar no largo, vinha de longa viagem. Certeza tenho agora de que vinha de tão longa viagem, mas de tão longa viagem que a morte não a interrompeu. Em delírio, já criatura de um mundo que não o nosso, entre cores e luzes, a morte não a matou porque morreu fora do corpo. E, por isso, não morreu no Largo da Palma.

Os Enforcados

TRISTE FOI O DIA EM SALVADOR DA BAHIA e no Largo da Palma.

Vazio de casas e, porque ainda sem calçamento, a grama se espalhava como se fosse um tapete de muito verde. A igreja, com as paredes erguidas e o telhado pronto, embora necessitasse de reboco e pintura, tanto já era um templo que tinha a imagem da Senhora da Palma e missa todos os dias. Sentava-se ali, junto à porta de entrada, do lado esquerdo, quieto e atento. Tamanho o silêncio que, com os ouvidos sempre abertos, escutava as vozes dos que falavam na igreja ou passavam por fora. Vê-los, porém, não podia. Um cego, apenas um ceguinho, metido em molambos, que pedia esmolas todas as manhãs. Um ceguinho, de fato, que de tão magro e pequeno era quase um anão. E, quando chovia, abrigava-se dentro da igreja, perto da pia de batismo. Perdera o nome que tinha para ser apenas o ceguinho da Palma.

— O ceguinho da Palma — todos assim o chamavam.

Morava perto, logo ali, em uma das estrebarias abandonadas que outrora serviram aos cavalos de um negociante português. Dormia ao lado de índios, negros libertos, ladrões e mendigos como ele próprio. O capinzal em frente como que escondia o buraco que não era doentio e úmido porque nele entravam o vento e o sol. E, se tudo o que tinha carregava no próprio corpo, dele se valia apenas para dormir. Quanto mais que, logo na madrugada, já estava à porta da igreja!

— Uma esmola para o ceguinho da Palma — assim ele pedia.

Diziam que era penitência o seu pedido de esmola. Falara mal da Santa — a Santa da Palma — e, por isso, ficara cego. Ali estava há anos, dia após dia, cumprindo o castigo, certo de que a Santa perdoaria e ele voltaria a ver. Talvez fosse mesmo verdade porque, durante tantos e tantos anos, passara sem qualquer febre por todas as pestes da Bahia. A varíola e o tifo, que por vezes assaltavam a cidade, sempre o pouparam. E, embora os ratos lhe corressem entre as pernas no buraco onde dormia, a bubônica jamais o pegara. Era como se a Santa o quisesse vivo para a penitência e o castigo.

Noites seguidas, no verão, dormia ali mesmo. Deitado no pátio a sentir o mormaço bom com vento fraco que parecia respiração de homem. Ali estava há anos, e João-o-Manco o acordava quase na madrugada. A lanterna acesa, o cachorro ao lado, fazia a ronda todas as noites muito devagar, de casa em casa, a perna capenga. Espia na noite, espanta ladrão, guia de bêbados. O amigo certo de mendigos, como ele, o ceguinho da Palma. E quando João-o-Manco o acordou naquele dia, embora o escuro ainda trancasse o mundo, já era madrugada na Bahia.

O LARGO DA PALMA

— Hoje é o dia — João-o-Manco disse.

O ceguinho da Palma, sentando-se nos calcanhares, indagou sem maior curiosidade:

— Que dia?

— O dia dos enforcados! — João-o-Manco exclamou, chamando o cachorro, apressado.

Não se foi logo, porém, como a pressa parecia exigir. João-o-Manco pôs a lanterna no chão e, vendo o cego no círculo da luz, completou a informação. Não disse muito porque sabia pouco. Adiantou que os condenados morreriam naquele dia em forca especialmente erguida no Campo da Piedade. E, se estava apressado, era porque não desejava perder o espetáculo. Queria seguir os infelizes desde que saíssem da cadeia, percorrendo as ruas, até o patíbulo. Tinha, pois, que andar depressa.

— Que a Senhora da Palma ajude eles — e foi tudo o que o ceguinho disse.

O dia se fez com grande claridade chegando muito cedo. E, se o cego sentiu a força da luz na própria treva dos olhos, contou nos dedos os que apareceram para a missa. Dez pessoas, entre homens e mulheres, incluindo o padre Gomes. Aguardou, um pouco inquieto, que a missa terminasse já com o propósito de encaminhar-se para a Piedade. Verdade que não tinha como enxergar, mas, se podia ouvir, iria para satisfazer a enorme curiosidade. Homens teriam os pescoços quebrados na corda da forca, e aquilo, que o arrastava como uma exigência, punha-o nervoso e angustiado. E por que os matavam? Que fizeram? Quantos eram? Perguntas e perguntas que faria ao padre Gomes logo a missa terminasse.

Ninguém negou a esmola na missa daquela manhã. Pareceu-lhe que todos estavam a temer alguma coisa, como se a forca a todos amedrontasse. Os condenados não tardariam a percorrer as ruas, em carroças talvez, para que o povo os visse na desgraça. O ceguinho, porém, encolhido em seu canto, a pensar nos condenados e a receber as esmolas, não percebeu quando o padre Gomes saiu. Como João-o-Manco, também ele, o padre Gomes, escapulira muito apressado. Não, não podia explicar! Sentiu certa dor no coração, ao levantar-se, mas logo soube que não nascia de sua tristeza. Vinha de fora, da tristeza da cidade a esperar as mortes, sobretudo do Largo da Palma, que achou comovido e amargurado assim na tranquilidade e no silêncio.

O Largo da Palma, para o cego, sempre sofrera e amara. Conhecia-o palmo a palmo, árvore a árvore, casa a casa. Identificava, pelas vozes, todos os seus moradores. E atribuía à Santa a grande paz de lugar que não tinha pelourinho e forca. Deixá-lo, como fazia agora ao encaminhar-se para a Piedade, era perder um pouco da resignação e da tranquilidade. Por que, então, não permanecia ali, sentado no pátio da igreja, até o meio-dia? Hábito de muitos anos aquele de buscar comida ao meio-dia, batendo nas portas, a voz quase sumida:

— Eu tenho fome — pedia.

Deteve-se, já de pé, ao ouvir passos e vozes. Gente que se dirigia para o Campo da Piedade e que ia, assim tão cedo, para arranjar os melhores lugares. Um espetáculo medonho — aquele dos enforcados — e que, por isso mesmo, não se devia perder.

O LARGO DA PALMA

89

A Bahia inteira, da Rua das Verônicas à Estrada das Boiadas, devia mover-se naquele momento. Fora os índios e os escravos, ninguém, ninguém mesmo, deixaria de ver o grande espetáculo. E, pois, como ficar no Largo da Palma? Nas trevas, sentindo o sol pelo calor no corpo, andou a explorar o vazio com o porrete que sempre usava. Inúmeros os que passavam por ele, todos apressados, alguns como que corriam. E o falatório alto, que pegava no ar, do qual escapavam as mesmas palavras:

— Enforcados, os enforcados!

E, perto do Convento das freiras, parou na birosca do Valentim, o dos passarinhos. Fácil localizá-la pela cantoria dos pássaros. Negociava com eles, os pássaros, mas também vendia aguardente, galinhas e uma boa garapa de cana. Raramente acontecia, era certo, mas o ceguinho não passava por ali sem que molhasse a garganta e esquentasse os peitos com a cachaça de seu Valentim. E, já que muitos ali se encontravam, tornava-se inevitável o converseiro com informações e notícias da Bahia. Logo percebeu, ao entrar, que a sala estava vazia. Vendo-o, o bodegueiro indagou:

— Você também vai ao Campo da Piedade?

— Quero um gole da melhor — o ceguinho disse como se não houvesse ouvido a pergunta — porque tenho a alma fria como a chuva.

Os passarinhos cantavam quando seu Valentim encheu dois copos, um para ele e o outro para o ceguinho, esclarecendo que fecharia a bodega pelo resto do dia. Era um mistério como aquele mulato baixinho e grosso conseguira aquela posição na vida. Filho de escrava liberta e de pai desconhecido, largado no mundo ainda menino e sem ninguém para empurrá-lo para cima, juntara dinheiro a ponto de comprar terreno, construir casa e montar a birosca. Que havia por trás de tudo aquilo? Diziam que fora jogador de dados e que, quando soldado do Segundo Regimento, roubara como um rato. Diziam também que, protegido dos padres jesuítas, com eles aprendera a ler e a escrever. Certo mesmo era que, tão pequeno e humilde negociante, tinha amigos em todos os cantos de Salvador. E entre aqueles amigos, embora raramente o visse, estava o ceguinho da Palma.

— Vai fechar o negócio o dia todo? — o ceguinho, após engolir a aguardente, indagou com certa curiosidade. — E vai fechar por causa dos enforcados?

— Hoje, em Salvador, só devia existir o luto.

O negociante, quando falava, sempre parecera ao cego um padre no sermão por causa da voz alta. Falava quase aos gritos, metálico o timbre da voz, era mesmo um orador. No momento, porém, e de tão baixo, o que dizia era um resmungo de confessionário. Prudência e medo, mais medo que prudência, o grande medo que vinha das prisões e das torturas. Os condenados, que logo estrebuchariam na forca da Piedade, respondiam por aquele medo e pela insegurança de todos. D. Fernando José de Portugal e Castro, no governo da Bahia, podia compadecer-se dos ladrões e assassinos, mas não perdoava os inimigos do Rei. E pensar que ele, Valentim dos Anjos, mulato e pequeno negociante sem importância, escapara por milagre de envolver-se na conspiração!

Lembrava-se, ah, como se lembrava!

Zé de Sacoto, talvez porque negociante e mulato filho de escrava forra como ele, tornara-se seu amigo de todos os dias. Dissera-lhe ser partidário da República Bahinense, que libertaria o povo da opressão de Portugal e do Rei. Estavam em 1798 e, se os franceses tinham dado o exemplo na Bastilha, a revolução era o caminho a seguir. Não desejaria participar do levantamento? Ficasse sabendo que já tinham mais de duzentos soldados de Milícias comprometidos com a sedição. E, além do mais, a exemplo do que fizera o Cristo, aquele era um movimento de pobres, necessitados e humildes. Zé de Sacoto o convencera de tal modo que chegara a se comprometer com a reunião, no Dique, dos principais conspiradores. Não fora à reunião porque, com a vinda imprevista de um saveiro, tivera que ir ao porto em busca de duas pipas de aguardente. Dias depois, ao procurar Sacoto, já não o encontrara e logo soube que tinha sido preso. Trinta e tantos homens implicados na rebelião, ao que se dizia, estavam nas grades de D. Fernando José e dali apenas sairiam para o degredo na África ou a morte na forca.

— Boa pinga! — o ceguinho exclamou.

— E de bom alambique — Valentim disse.

Preparando-se para sair, pondo o paletó, Valentim se lembrava de Sacoto e de tudo que acontecera. O inquérito, as pessoas envolvidas, o julgamento. Feitas as condenações, com Sacoto mandado para o degredo africano, verificou-se que não havia graúdos na rebelião. Comentava-se que, por ordem de D. Fernando José, os graúdos tinham sido afastados da denúncia para que apenas os camumbembes se queimassem na fogueira. Soldados rasos e alfaiates. E como trinta e cinco homens, entre os mais pobres, poderiam ameaçar o governo todo-poderoso e armado até os dentes? O que o governo queria mesmo era matar alguns para exemplo, manter o medo e o terror, mostrar que o reinado de D. Maria I era maior que o maior sonho político. E tanto assim que ali estava ele ao lado do ceguinho da Palma, já na rua, fechando a porta. Não tardou a perceber que o sol, aberto e forte, enchia a Bahia de luz e calor.

A Piedade ficava perto e, se faltavam às ruas daquele lado sobrados como na Barroquinha, pequenas casas estreitas não permitiam o vazio. Escravos, nos dias comuns, puxavam carroças. Crianças corriam, aos gritos, frente às residências. Havia mesmo certo movimento de povo que ia e voltava, negros e índios quase nus, padres e freiras uma vez por outra, zona de gente pobre, pois aí não moravam comerciantes, oficiais militares e funcionários do governo. Mas, como no Largo da Palma, tudo se fizera diferente nas ruas que levavam à Piedade. A Bahia, naquele dia, não era a mesma. E por isso foi que, ao começar a andar, conduzindo-o pelo braço como um guia, Valentim ouviu sem surpresa o que o cego disse:

— A cidade parece triste.

— A Bahia nunca foi alegre — Valentim, abaixando a voz, disse por sua vez. — Uma cidade com escravos é sempre triste. É muito triste mesmo.

Era para se acreditar, pelo movimento do povo em direção ao Campo da Piedade, que todas as casas estivessem vazias.

O LARGO DA PALMA 93

Janelas e portas fechadas e também fechadas as casas de comércio. O povo corria para ver o espetáculo medonho, os enforcados virariam carniça com os pedaços expostos e as cabeças cortadas, seria como no matadouro de gado. Um negro enorme, descalço e nu da cintura para cima, como que se aproximou para ouvir a pergunta de Valentim:

— Os presos já chegaram?

— Estão na rua, homem. Eu vi eles, homem.

— Onde? — o ceguinho da Palma indagou.

Não houve resposta porque o negro logo se afastou, muito apressado, como se estivesse a fugir. Deu a Valentim, porém, o fio para que raciocinasse. E, se os condenados estavam na rua, ele e o cego poderiam aguardá-los na Rua Direita da Sé. Dirigiram-se, então, para aquele lado e, mal chegaram, o cortejo apontou. Espremia-se entre as casas e a Sé, arrastando-se lentamente, o povo ocupando os passeios. Valentim, sempre com a mão no braço do cego, disse:

— É como uma procissão.

O ceguinho da Palma sentiu o silêncio e achou que o povo estava calado porque devia pensar na forca. Um patíbulo só, imenso, erguido bem no centro do Campo da Piedade. E, porque grande era o silêncio e ouviu o barulho dos grilhões de ferro, soube que se arrastavam os que caminhavam para a morte. Valentim, falando baixo, contava o que via. Quatro homens, um quase menino, todos mulatos. Cansados, metidos em molambos, os desgraçados. Cercados por soldados, os frades, sim, os frades!

— É de arrebentar o coração — o ceguinho da Palma disse.

O cortejo, naquele arrastar de pés, não chegaria tão cedo ao Campo da Piedade. E, se não tinham por que acompanhá-lo, o melhor seria esperá-lo frente à forca, lá, antes que o povo o lotasse. A mão no braço do cego, conduzindo-o e andando sem pressa, Valentim ultrapassou São Pedro para deter-se no largo tão cheio de gente que parecia em dia de festa. Observou mesmo que, se funcionários idosos usavam casacas, as suas mulheres exibiam coloridos vestidos domingueiros. Escravos apareceram com tabuleiros de frutas e doces e vendiam-nos a mando dos donos. No centro do campo, porém, estabelecendo enorme círculo, dezenas de soldados de Artilharia isolavam a forca. Pareceu a Valentim que aquela forca era como uma estranha árvore sem galhos e folhas. E, dirigindo-se ao cego, preveniu:

— Temos que esperar.

Podia valer-se do povo assim comovido para esmolar. Todos certamente dariam dinheiro e talvez juntasse em uma hora o que, na Igreja da Palma, levava dias para receber. Não, não pediria! Aquele lhe parecia mais que um dia santo porque era mesmo o dia dos enforcados. Manteve-se, pois, ao lado de Valentim, que, sentado na grama como ele, parecia triste e acabrunhado. E, com os ouvidos abertos a captar tudo que escutava, pensava nos infelizes que, arrastando os grilhões, cada vez mais se aproximavam da forca e da morte. Aquilo era o exemplo para que o povo aprendesse a lição. E, como a corda sempre arrebenta do lado mais fraco, para o exemplo ficaram apenas aqueles pobres de Deus. Dois soldados rasos e dois alfaiates, todos pardos para não dizer mulatos.

— Exemplo de merda! — exclamou.

— Que foi? — Valentim perguntou como se despertasse.

— Nada! — ele respondeu.

O cortejo, a forca, o carrasco. O governador da Bahia, D. Fernando José de Portugal e Castro, sabia como fazer para que se respeitasse El-Rei. A chibata, os grilhões, a forca, o esquartejamento. E mais não pôde pensar porque, ouvindo ordens de comando aos soldados e o alarido do povo, logo entendeu que os condenados chegavam à Piedade. Erguendo-se, Valentim disse:

— Estão chegando.

Manuel, Lucas, Luís e João, os condenados. O povo, após o alarido que provocou ao mover-se para ver o cortejo, retornou ao silêncio. Todos os olhos na forca de madeira de lei, enorme, muito alta. Ninguém, nem mesmo um anãozinho, tinha como perder o espetáculo. E o cego, sentindo o sol na pele, com o rosto suado pelo calor, de tudo tomava conhecimento pela voz de Valentim. A voz de um homem emocionado, sem dúvida, que gaguejava um pouco, mas ainda assim a voz de Valentim. Era ele, afinal, quem via.

— Manuel é o primeiro e tem o laço no pescoço. Pronto, pronto! O corpo e a corda, Manuel está morto. Deus louvado!

O ceguinho da Palma parecia ter febre no sangue. Aquilo fazia mal, doía no coração, a cabeça pesada.

— Lucas, agora! — Valentim exclamou.

Rápido, tão rápido que Valentim mais não disse, a mão um pouco trêmula no braço dele, o cego. Sabia que estava ali cercado de povo, dentro da multidão, gente por todos os lados. E, embora Valentim lhe apertasse o braço, sentia-se tão só quanto Manuel e Lucas, os enforcados. A febre, cada vez mais, queimava o sangue. E, cada vez mais, o coração doía.

— Luís, agora é Luís! — novamente Valentim exclamou.

Fosse o que fosse, talvez a pressa em acabar a matança ou o nojo que atingia o próprio carrasco, a corda ainda balançava no ar quando o último condenado subiu ao patíbulo. Um minuto e já Valentim, abaixando a voz, disse:

— Três horas da tarde e João acaba de morrer — e foi tudo o que conseguiu dizer.

O que houve com Valentim, deixando-o sem despedir-se, perdendo-se na multidão, ele jamais saberia. Só, novamente só, com as suas trevas e o porrete de apalpar o chão. Passo a passo, muito devagar, retornou e tão só em si mesmo que não percebeu sequer os que, a seu lado, regressavam às casas. Andou assim, sempre a pensar nos enforcados, até que reconheceu o Largo da Palma pela aspereza das pedras e o macio da grama. Tudo o que queria, afinal, era o seu lugar no canto do pátio da igreja.

E, ao aproximar-se, ao sentir o cheiro do incenso, pensou que naquele momento já cortavam as cabeças e as mãos dos enforcados. Colocadas em exposição, no Cruzeiro de São Francisco ou na Rua Direita do Palácio, até que ficassem os ossos.

O Largo da Palma, porque sem povo e movimento, seria poupado. Ajoelhou-se, então, pondo as mãos na porta da igreja.

E, única vez em toda a vida, agradeceu à Santa da Palma ter ficado cego.

A Pedra

É DIFÍCIL SABER COMO AS CASAS E OS SOBRADINHOS foram aparecendo, a praça se arredondando, plantadas as árvores. A igreja, certamente mais antiga que as árvores e muito mais velha que os altos coqueiros que a ladeiam, ainda pôde ver como se tornou em Largo da Palma o que era o capinzal no topo da ladeira. Coisas de muito tempo, é verdade. Interessa, agora, é dizer que em um dos cantos — defronte da igreja, do outro lado, à direita de quem sobe a ladeira da Palma — permaneceu um terreno, vazio, como sem dono. E, porque assim abandonado, fizeram dele um depósito de lixo. Os ratos, por sua vez, nele se multiplicaram.

— Um ninho de ratos! — todos exclamavam.

Na bubônica, quando a peste invadiu a Bahia e os ratos eram caçados em todos os buracos, tocaram fogo no lixo. O sino da igreja, aqui na Palma, anunciava finados dia e noite. Maior que a peste, de verdade, só o medo. E foi quando não mais se permitiu terreno baldio, mesmo cercado ou murado, e que o vendesse quem não pudesse construir. E, se o preço caiu que ficou a zero, a construção encareceu porque naqueles dias o Rei acabou com a escravidão. O carro de boi, então, subiu até ali e, no terreno que agora era um terreiro de tão limpo, descarregavam pedras, areia e azeite de peixe.

Uma casa comum, pequena e baixa, como tantas que estão no Largo da Palma. Fácil saber que quem comprou o terreno e a mandou construir foi um negociante português, homem de fortuna, que comprava para revender. E quem a comprou foi um sujeito que, vindo dos garimpos de Jacobina, não parecia ter o juízo muito certo. A casa não guardou o dia exato em que ele chegou, o primeiro morador. Não esqueceu o ano, porém, porque precisamente o da proclamação da República.

Dia todo a zangarilhar, vez por outra a emborcar boa pinga, ninguém como Cícero Amaro para não fazer coisa alguma. Os pés descalços, a cara lisa de índio, as bocas da calça no meio das canelas, aberta no peito a camisa de bulgariana e o chapelão de palha na cabeça. Um risinho tímido nos cantos da boca, de propósito, para esconder a falta dos dentes. Seu fraco era a beira do rio. Gostava de espichar-se à sombra de uma ingazeira, vendo a água correr, ouvindo os pássaros no canto. Modornava como um justo e não sentia sequer as muriçocas na pele.

Vez por outra ganhava uns cobres na Vila. E, com isso, alguns mil-réis, comprava a matalotagem. Regressava ao barraco, o mocó no ombro, a pensar em Zefa, a mulher. Sina dura, a de Zefa! Distorcia-se lavando as roupas dos garimpeiros. Não fosse ela, sua coragem e sua saúde, e de há muito que teriam morrido de fome. A negra, porém, era dura na queda.

O LARGO DA PALMA

E, porque não confiava no homem, aquele paroara cheio de manias, ela economizava. Umas bagatelas, mas economizava. E economizava para montar uma quitanda em Jacobina. Era um sonho, que vinha da infância, seu grande sonho. Infelizmente, tudo atrasando, tinha o homem.

Esquentado na pinga, manso como um cordeiro, Cícero Amaro transpunha a porta sem um pio e, trepando no jirau, cochilava sem se incomodar com os gritos da mulher. Os berros explodiam na vizinhança:

— Palerma de uma figa! — a negra exclamava, espumando.

E, com as ventas abertas, ameaçava:

— Um dia, eu te abandono. Eu te abandono, cachorro preguiçoso!

No íntimo, porém, acreditava no homem. Desculpava-o, quando ele andava pelos pauis, junto aos camumbembes. O garimpo, mais cedo ou mais tarde, daria certo. Dia havia de chegar em que Jacobina em peso se espantaria com o seu faro para topar diamantes. Ninguém perderia por esperar. Coçando o queixo, babando o pito, ele se desculpava:

— Vida de garimpeiro é assim mesmo.

Corria os olhos em torno como se estivesse a medir a paisagem. Sabia como apalpar a terra, era como se bolinasse um corpo de mulher, sondar aqui e ali, calcular a pepita na areia de um riacho, descobrir o veio numa carcaça de pedras. Um serviço fixo, mas que dependia da sorte. E, por isso, sempre saía com os teréns que estimava. A pá, a enxada e a peneira de sacudir o cascalho. E, se peneirava, peneirava apenas quando dava na telha. E gostava de peneirar no estreito de um riacho do qual se dizia que tinha grãos escondidos. Via-se ainda o barreiro amontoado, e faiscadores, sem a menor dúvida, ali tinham remoído as águas.

Mas, como cada um tem a sua sorte, houve por bondade de Deus que chegou à mão do garimpeiro a sua pedra. Antes da mão, chegou aos olhos. Debruçava-se com a pá, indo remover uma areiazinha escura, quando os olhos se escancararam frente ao caroço. A comparação veio num segundo: do tamanho quase de uma azeitona. E, caindo a pá, a mão nervosa apanhou o achado. E, quando a abriu, já ele de pé, a fortuna na palma se mostrou. Sem pabulagem, era um caroço e tanto. Não gastara cera, pois, com defunto ruim.

Um dia inteiro, enquanto não vendeu a pedra, Jacobina só falou em Cícero Amaro. O homem estava rico porque contados, contados, seguraria aí uns trinta contos de réis. Que iria fazer, porém, com tantos bagaços? Perguntado, riu amarelo. E respondeu:

— Deus sabe.

Vendeu a joia ao Salviano, cometa de uma casa da Capital, depois de um acerta-acerta brabo. Fechado o negócio, logo o cometa engavetou o brilhante; com o dinheiro no bolso, Cícero Amaro tratou de fazer o que um homem sensato faria. Entrou no primeiro botequim que encontrou e, começando a gastar a prata, com os perus que logo apareceram, chupou algumas cervejas. Botoque nos cobres, já lambido pelo vinho, tornou-se pródigo. Os caraminguás pesavam no bolso e não seria com facilidade que se escafedessem. Grimpado de cima,

O LARGO DA PALMA 105

com jeito de banqueiro, emprestou dinheiro. Depois, as pernas bambas e tonto o espírito, indagou com importância:

— Quanto devo?

E, ao sair, apesar do pileque, lembrou-se da negra. Zefa queria uma quitanda, pois teria a quitanda. Diabo o levasse, porém, se chegasse ao barraco sem uns panos para a mulher, sem enfatiotar-se ele próprio, pois direito tinha a um linho, uma camisa de seda, um chapéu de feltro e um par de botinas. Pensar, foi agir. Quando entrou no barraco e largou a embrulhada no chão, a negra logo percebeu que ele, Cícero Amaro, estava bêbado como uma cabra. Preparou um café grosso e, só depois que ele bebeu a terapêutica, falou da quitanda. Então, fitando-o nos olhos, disse:

— Isto aqui não dá futuro. Quero a quitanda, sim, mas vamos comprar uma é lá, na Bahia.

— Na Capital? — ele indagou, gostando da ideia.

— É claro, mas é claro!

Desceram do trem na Calçada e se meteram no quarto de um hotelzinho, ali mesmo, perto da estação. Coisa de dez dias que foi o tempo gasto para arranjar uma casa. Arranjar, não! Comprar, sim, senhor, porque não era um camumbembe para morar em casa alugada. E, como a quitanda e a casa deviam ficar perto uma da outra, saíram juntos — Cícero Amaro e Zefa — a indagar aqui e interrogar ali. Bateram com os costados na Ladeira da Palma e, se a quitanda ali estava na própria ladeira, mais um pequeno armazém que na verdade uma quitanda, subiram um pouco mais e deram com a casa.

— Está fechada e parece vazia — Zefa observou.

O vizinho do lado esquerdo informou que a casa estava à venda há mais de um ano. Casa boa e de construção sólida. E, se ainda não a tinham comprado, era porque o proprietário só a vendia com os móveis. Pareceu-lhe que aquilo facilitava tudo porque, sem se preocupar com a mobília, a mudança seria imediata. E, no mesmo dia em que a mulher comprou a quitanda, ele visitou a casa, gostou da sala e dos quartos, não regateou preço, pagou à vista e na escritura pôs o nome de Zefa. Vida boa, graças ao garimpo, estava começando. E na casa entrou com ares de lorde no reino inglês.

Instalado no Largo da Palma, a mulher a negociar ali muito perto, era para se ver o gozo de Cícero Amaro, à tardinha, queimando o dinheiro. E vamos gastar! E vamos beber que ninguém é de ferro! Nos botecos, já popular, animando os fins de tarde, pagava as bebedeiras. Exclamava, muito alegre:

— Vamos emborcar, minha gente, que da vida nada se leva!

O juízo, porém, sempre aperta a cabeça de um homem. Aconteceu então que, depois de uma boa dormida em sua nova cama de ferro com colchão dos macios, Cícero Amaro pôs a mão na consciência. Abriu os olhos, espreguiçando-se, e pensou no futuro. A mulher, bem, tinha o negócio e a casa. E a ele, do dinheiro, quanto restava? Acendeu o cigarro, abriu o cofrezinho que adquirira e, embevecido, jogou a dinheirama na mesa. No fim, restavam quinze contos de réis.

— Dinheiro como água! — exclamou.

No dia seguinte, o céu tão limpo quanto o seu próprio coração, Cícero Amaro viveu o maior dia da sua existência. Meteu-se no terno de linho, enfiou o chapéu-panamá e levou a bengala. Enfatiotado, percorreu as ruas. Esteve no porto, vendo os navios. Na praia, contemplando as ondas. E, após um sono à tardinha, voltou à Rua Chile em busca da Ajuda. Embora prevenido, ia um pouco desconcertado. Sabia que as mulheres estavam nos fundos das casas, fechadas as janelas que davam para a rua, andou acima e abaixo a sonhar com as lindas raparigas da Bahia. De repente, enchendo-lhe os ouvidos, a valsa puxada no piano desafinado. Meteu-se porta adentro, guiado pela música, para deter-se frente a uma mulherona gorda, sardenta, que o levou à sala.

Sentou-se em uma das mesinhas, pediu cerveja e logo a cadeira que ficara vazia, em sua frente, foi ocupada por uma morena de lábios cheios, fartos seios e cabelos corridos. Rindo-se, com os olhos brilhantes, ela perguntou:

— Vosmecê é daqui mesmo?

— Não — ele respondeu, um pouco tímido. — Sou de Jacobina.

— Logo a gente vê.

Ele engoliu uma golada, bateu a língua e buscou maior intimidade. Perguntou:

— Seu nome?

— Flor.

— Que nome!

— Pois é.

Assim, de riso em riso, de palavra em palavra, o amor feriu o coração de Cícero Amaro. E no momento mesmo já não entendeu como conseguira gostar de Zefa, viver com a negra, suportá-la, possuí-la naquele jirau tão diferente da cama de Flor. Razão tinha o povo, razão demais, quando falava das lindas raparigas da Bahia. E ela, Flor, sendo uma delas, podia ter os seus luxos, era verdade. Queria-o de cara raspada, com a barba bem-feita, no banho de perfume. E tinha os seus dengues, Flor! Exigia beijos no pescoço, nas palmas das mãos, nas pontas dos dedos. Tamanha a paixão que, mentindo descaradamente para Zefa, dizendo que sempre estava no Mercado Modelo a sondar um negócio, quase se mudou para o quarto de Flor. Amor violento, amor muito violento. E Flor, nuinha, a exclamar:

— Sou teu pecado.

Amor tão violento, porém, durou por aí uns sete dias. No primeiro dia, Flor pediu uma pulseira de ouro. No segundo, Flor nada pediu. No terceiro, Flor pediu os brincos e cinco contos de réis. No quarto, sem que pedisse, Flor ganhou três belos vestidos de seda. No quinto, Flor pediu o anel. No sexto dia — bem, no sexto dia, com o seu mundo já criado —, e quando pediu mais cinco contos de réis, Flor descobriu que ele quase já não tinha dinheiro. Então, com seriedade e grosseria, Flor disse:

— Agora, seu besta, dê o fora!

— Mas Flor!

— Dê o fora!

Zefa recebeu-o de cara amarrada. Ali estava o resultado da leseira, sem uma prata no bolso, a roupa encardida no corpo. Que iria fazer agora? Se pensava comer o lucro da quitanda, vender a casa, viver nas suas costas, que se desenganasse. Aquilo nem por um minuto. Melhor era deixar tudo bem claro e, se pensava que a tapeava com aquelas conversas de Mercado Modelo, estava era mesmo a comer vento. Os sumiços, as bebedeiras, os bordéis. Não, a ela ninguém iludia! Farta, estava cheia de tantas mentiras e malandragens!

— Saiba que você está sobrando, pois já tenho o que queria. — E Zefa, falando, tinha a cara fechada e a raiva na voz. — Tenho meu negócio e tenho a minha casa. Que você, pois, fique de uma vez por todas com as suas putas!

E, como se quisesse ser ouvida por todo o Largo da Palma, gritou alto, muito alto mesmo:

— Vá e não volte! Saia, saia logo, seu bêbado sujo! Vá depressa antes que te meta o braço.

Cícero Amaro deixou a mulher falando sozinha e, virando as costas, transpôs a porta. A camisa de seda, que na química da poeira e do suor adquirira uma cor indefinível, já não passava de um trapo. Sujara-se tanto a roupa de linho que lembrava um pano de esfregar o chão. O chapéu de feltro, embora continuasse de feltro, de chapéu não tinha mais coisa alguma. As botinas, enlameadas, eram uma vergonha. E no largo, ao ver a igreja bem defronte, pôs-se a andar, cabisbaixo, como perdido em profunda meditação. A ingratidão de Zefa, o desprezo de Flor, xô, que o mundo era mesmo uma boa merda.

Grandes, porém, eram os olhos de Deus. Todos pagariam semelhante maldade na própria terra. E, porque uma simples questão de tempo, embora mais velho que moço, saberia esperar. Enquanto isso, sentindo o suor correr na barba rala, pensou conseguir algum dinheiro. Não muito, era verdade. O necessário para comprar a passagem e, voltando a Jacobina, retomar os seus teréns de garimpeiro.

Este livro foi composto na tipografia
AGaramond, em corpo 12/16, e impresso em
papel off-set no Sistema Digital Instant Duplex
da Divisão Gráfica da Distribuidora Record.